Teddy Parker

BONANZA — Letzte Chance für Hoss

10

Teddy Parker

BONANZA

Letzte Chance für Hoss

engelbert

Bearbeitung und deutsche Fassung: Peter Wolick

ISBN 3 536 01142 X
1. Auflage 1974
Illustrationen: Walter Rieck
Umschlagdia: Merchandising, München

Veröffentlicht mit Genehmigung
von Western Publishing Company, Inc.,
Racine/Wisconsin, USA
Deutschsprachige Ausgabe herausgegeben 1974 im
Engelbert-Verlag, Gebr. Zimmermann GmbH,
5983 Balve/Sauerland, Widukindplatz 2

Satz, Druck und Einband:
Grafischer Betrieb Gebr. Zimmermann GmbH, Balve

Ein ehrenvoller Auftrag

Der Viehtrieb zum Herbst hatte begonnen. Wie in jedem Jahr wurde von der Viehzüchter-Vereinigung ein großer Treck auf die Reise geschickt. Alle Rancher von Virginia City und Umgebung lieferten ihr schlachtreifes Vieh einer Kommission aus, die für den Verkauf der Rinder verantwortlich war. Der Treck ging fünfhundert Meilen durch wasserarmes Gebiet zur nächsten Bahnstation, wo die Tiere für den Transport in die großen Schlachthäuser im Osten des Landes verladen wurden.

Die Kommission hatte an diesem Vormittag ihre Arbeit beendet. Ben Cartwright, der in der Kommission den Vorsitz führte, war zufrieden. Auf den Koppeln um die Ponderosa standen etwa zweitausend Rinder, für die er mit den Aufkäufern der Schlachthäuser einen guten Preis ausgehandelt hatte. Jetzt ging es darum, die Rinder wohlbehalten zum Ziel zu bringen, denn erst an der Bahnstation wurde für jedes Tier der ausgehandelte Kaufpreis ausgezahlt. Verluste, die unterwegs eintraten, mußten von den Züchtern getragen werden, und somit war der Treck, wenn er nicht richtig geführt wurde, ein großes Risiko.

Im Beratungszimmer des Stadthauses von Virginia City ging die Sitzung der Kommission ihrem Ende zu. An dem Vorstandstisch saßen außer Ben Cartwright die vier größten Rancher des Bezirks. Sie hatten das meiste Vieh zum Verkauf angeboten. Die Stuhlreihen vor dem Vorstandstisch waren von Kleinranchern besetzt, die ebenfalls ihre Rinder dem Treck anvertraut hatten. Unter ihnen befanden sich auch Hoss und Joe Cartwright, die der Verhandlung mit Interesse folgten.

Ben Cartwright erhob sich hinter dem Vorstandstisch. „So, meine Herren, dann wäre also alles klar", sagte er mit zufriedenem Lächeln. „Wir kommen jetzt zur Wahl des Treckführers."

Mr. Orton, einer der größten Rancher des Gebietes, hob sofort die Hand. „Da brauchen wir nicht lange zu wählen, Ben", meinte er. „Ich denke, deine Söhne werden uns auch diesmal zur Verfügung stehen. Sie haben in jedem Jahr den Treck ohne große Verluste zum Ziel gebracht." Er wandte sich den Stuhlreihen zu. „Wer dafür ist, daß die Cartwrights die Führung des Trecks übernehmen, der hebe die Hand."

Die Rancher hoben ohne Ausnahme die Arme.

Orton warf Hoss und Little Joe einen Blick zu. „Einstimmig angenommen! — Und ihr?"

„Einverstanden!" nickte Little Joe, und Hoss fügte hinzu: „Wir werden uns die größte Mühe geben, die Kommission nicht zu enttäuschen."

„Als Treiber stellt die Orton-Ranch fünf Cowboys, die Lasson-Ranch und die Spillings-Ranch ebenfalls je fünf Cowboys", fuhr Ben Cartwright fort. „Mit unserem Vormann und meinen Söhnen besteht die Begleitmannschaft des Trecks aus achtzehn Personen. Außerdem stellen wir den Bagagewagen mit der Küchenausrüstung."

„Okay!" bestätigte Orton. „Reiseroute und Zeitpunkt des Aufbruchs bleibt der Treckführung überlassen. Wir wünschen euch viel Glück, Jungs!"

Damit war die Versammlung aufgelöst. Alles, was jetzt weiter geschah, lag in den Händen von Little Joe und seinem Bruder Hoss. Ihnen war das Vertrauen ausgesprochen worden. Von diesem Augenblick an trugen sie die Verantwortung für eine Herde von fast zweitausend Rindern, die sie durch unwegsames und wasserarmes Gebiet bis zum Zielort treiben mußten.

Bevor sie zur Ponderosa ritten, nahmen die Brüder im Stadt-Saloon einen Drink, während sich Ben Cartwright auf den Weg nach Hause machte.

„Cheerio! — Auf den Treck!" Little Joe hob sein Glas. „Ja, ich bin sogar ein wenig stolz darauf, daß sie uns wieder zu Treckführern gewählt haben."

Hoss nahm einen Schluck. „Cheerio! — Auf den Treck!" Er warf einen Blick durch die große Fensterscheibe nach draußen. „Schau nur, wer da kommt!"

Es war Cora Orton, die von ihrem Apfelschimmel stieg und kurze Zeit später in der Schwingtür des Lokals erschien. Sie war ein hübsches blondes Mädchen, das einen grauen Reitdreß mit einem weiten Hosenrock trug. Auf ihren Locken saß ein schwarzer Stetson.

Hoss reckte sich und zog seinen Bauch ein. Er lächelte, wie nur einer lächeln kann, der verliebt ist. Ja, er war in dieses blonde Mädchen mit den Veilchenaugen verliebt und hätte sie auf der Stelle geheiratet. Cora indessen war mehr seinem Bruder Little Joe zugeneigt, der aber aus Angst, ohne seinen Willen plötzlich verheiratet zu sein, nicht daran dachte, sich näher mit ihr einzulassen. Cora war nämlich sehr temperamentvoll und zeigte Little Joe ganz offen, daß sie ihn gern hatte. Diese Offenheit war Little Joe etwas unheimlich. Er hatte immer das Gefühl, daß Cora stets auf der Lauer lag, um ihn als Ehemann einzufangen. Sich zu binden, dazu hatte er noch keine Lust. Das konnte man noch kurz vor dem ersten Schlaganfall, war immer seine Rede. Als einzige Tochter William Ortons war Cora natürlich eine gute Partie, aber auch das reizte Little Joe nicht.

„Coralein, schön, dich zu sehen", sagte Hoss strahlend.

„Hole ruhig wieder Luft", meinte Little Joe flüsternd. „Sie weiß sowieso, daß du einen Bauch hast. Zum Teufel, wenn sie dich nur heiraten würde!"

„Was ist los?" fragte Cora. „Wer will heiraten?"

„Ich — dich sofort, wenn du willst", sagte Hoss und drehte verlegen seinen Hut in der Hand. „Little Joe will das erst beim ersten Schlaganfall. Ja, er ist wie eine Biene, die von Blüte zu Blüte fliegt . . ."

„He, halt ja die Luft an", fiel ihm der Bruder ins Wort. „Sonst könnte dich die Biene mal stechen."

„Hat er wieder eine neue Freundin?" erkundigte sich Cora und bekam leichte Schlitzaugen. Eine Antwort wartete sie aber nicht ab, sondern redete sofort weiter: „Ich weiß nicht— schon am frühen Morgen Whisky zu trinken, finde ich nicht sehr schön. Meinem Mann würde ich das nie erlauben."

„Eben", grinste Little Joe.

Hoss versicherte sofort, er tränke sonst nie am Morgen Whisky. Sein Bruder habe ihn dazu aufgefordert.

„Ja, du bist ein liebes Kerlchen", fiel ihm Little Joe ins Wort. „Wenn du schläfst, lutschst du am Daumen, und wenn du erwachst, schlägst du dir den Wanst voll Pudding, genau wie ein Baby." Während er ihn wütend ansah, gab er ihm einen Tritt vor das Schienbein, so daß der Dicke zu hüpfen begann. „Du — du — Fettwanst!"

Cora sah mit großen Augen von einem zum anderen. „Ich — ich finde es unerhört, in Gegenwart einer Dame zu streiten, dazu noch diese Ausdrücke! Das paßt gar nicht zu dir, Little Joe! — Du willst doch ein Gentleman sein — oder?"

„Gentleman!" Hoss lachte höhnisch. „Dieser magere Witwentröster ..."

„Jetzt ist es aber wirklich genug", empörte sich Cora und blitzte Hoss an. „Du bist jetzt auf der Stelle still!"

„Wer hat denn angefangen?" druckste der Dicke. „Natürlich, ich bin wieder schuld. Er darf sich bei dir alles erlauben."

„Kinder, gebt jetzt Ruhe!" Cora schob schmollend die Unterlippe vor. „Ich habe euch etwas ganz Wichtiges zu sagen. Wir werden uns bald jeden Tag sehen."

„Das dürfte kaum möglich sein." Little Joe trank sein Glas aus und ließ sich neu einschenken. „Wir sind nämlich mit dem Treck unterwegs, oder hat dir dein Vater nichts davon gesagt?"

„Natürlich! — Ich reise doch mit euch!"

Die Brüder sahen sich an. Hoss begann erwartungsvoll zu grinsen.

„Soll das ein Witz sein?" fragte Little Joe. „Wenn nicht, müßten wir davon wissen — oder?"

„Ich soll euch doch fragen, ob ihr mich mitnehmt, sagte Pa, und das werdet ihr mir doch nicht abschlagen." Cora erklärte, sie habe in Bongers eine Tante wohnen. Die wolle sie besuchen. Bongers läge nur wenige Meilen von dem Weg, den der Treck nähme.

„Ja, in der Nähe von Bongers wird die Herde getränkt, bevor wir in die Prärie vorstoßen", sagte Hoss, der sofort bereit war, Cora mitzunehmen. „Das wäre ganz prima!"

„Nicht wahr?" Cora warf Little Joe einen verliebten Blick zu. „Und du wirst auf mich aufpassen, damit mir nichts passiert."

„Und ich bin auch noch da", nickte Hoss.

„Ja, du bist nicht zu übersehen", sagte Little Joe und schob seinen Stetson ins Genick. Dann langte er nach seinem Glas und trank es in einem Zuge leer.

Cora beobachtete ihn dabei. „Brrrrr! Daß dir das so gut schmeckt!" Sie schüttelte unwillig den Kopf.

„Das schmeckt mir gar nicht", antwortete Joe. „Ich meine, daß du mitreisen willst. Ich sage dazu nämlich — nein! Wir können in dem Treck keine Frauen gebrauchen. Wenn dein Vater aber darauf besteht, muß er sich nach einem anderen Treckführer umsehen. Damit du es weißt, Hoss kann den Treck nicht allein führen."

„Ja, das gebe ich zu", nickte der Dicke. „Aber warum willst du sie nicht mitnehmen?"

„Ohne mich", wehrte Little Joe ab. „Kommt gar nicht in Frage. Damit ist dieser Punkt für mich erledigt, klar?"

Cora holte tief Luft. „Schön, dann eben nicht!" Ohne ein weiteres Wort zu sagen, verließ sie den Schankraum.

Hoss beobachtete durch das Fenster, wie sie auf ihr Pferd stieg. „Jetzt ist sie beleidigt. Warum willst du sie nicht mitnehmen? Ich verstehe dich nicht. Sie kann reiten und könnte sogar für uns kochen . . ."

„Kochen! — Natürlich, du denkst nur an deinen Bauch, aber nicht an die Schwierigkeiten, die sie uns bereiten kann. Damit du es weißt, wir reiten diesmal durch Conchas-Gebiet. Dort finden wir mehr Wasserstellen."

Der Bruder starrte ihn an. „Über den Witz könnte ich mich totlachen. Ich nehme doch an, es ist einer — oder?"

„Mein völliger Ernst", widersprach Little Joe. „Wir umgehen das Dürregebiet und kürzen die Route um glatte hundert Meilen."

„Und erwachen eines Morgens ohne Haare." Hoss blies die Wangen auf. „Weiß Pa von deiner Idee?"

„Noch nicht, aber ich werde sie ihm schon mitteilen. Zuerst muß ich die Rückkehr Indianer-Bills abwarten. Er ist drüben und verhandelt mit den Conchas. Spätestens morgen müßte er zurückkommen."

„Er verhandelt mit den Conchas?" Hoss schüttelte den Kopf. „Er wird von ihnen doch als Abtrünniger behandelt. Sie werden ihm das Fell über die Ohren ziehen."

Indianer-Bill war ein Halbblut. Sein richtiger Name lautete William Shatter. Er war der Sohn eines weißen Siedlers und einer Conchas-Indianerin. Nach dem Tode seines Vaters hatte er bei dem Stamm seiner Mutter gelebt. Weil er später für die „Langmesser", die Soldaten, Kundschafterdienste verrichtete, war er von seinem Stamm verstoßen worden. Erst letzthin hatte er Little Joe gute Dienste geleistet, als dieser auf der Suche nach Hoss und seinem Freund ins Indianergebiet vorstieß. Hoss und Collins waren bei der Verfolgung einer Wildpferdherde von den Conchas gefangengenommen worden *).

„Tschakanuk wird sich hüten, ihm auch nur ein Haar zu krümmen. Die neuen Abmachungen zwischen Fort Green-

---

*) Bonanza Bd. 9: „Im Auftrag des Sheriffs"

well und den Conchas, zu denen Häuptling Tschakanuk seine Zustimmung gab, wurden von Indianer-Bill in die Wege geleitet. Die Conchas haben ihn als Sprecher der Armee anerkannt." Little Joe sagte das mit Überzeugung. „Ich bin ganz sicher, daß wir die Herde durch das Reservat treiben können."

„Und was kannst du ihnen dafür bieten?" fragte Hoss.

„Dasselbe, was ihnen die Viehdiebe bieten, wenn sie die gestohlenen Herden durch Conchas-Gebiet treiben", antwortete der Bruder. „Whisky!"

Hoss verschluckte sich fast, so empört war er. „Whisky? — Bist du des Teufels? Du weißt, daß der Tauschhandel mit Alkohol unter Strafe gestellt ist."

Little Joe stemmte die Arme in die Seiten. „Sie bekommen ihn von den Gaunern sowieso, da kommt es auf einige Fässer mehr oder weniger auch nicht an. Der Treck geht diesmal durch das Reservat, koste es, was es wolle. Ich verkürze die Route um hundert Meilen und habe in dem wasserreichen Gebiet keine Verluste." Und mit einer abwehrenden Handbewegung fügte er hinzu: „Laß mich das nur machen!"

„Schön, du Windhund", sagte Hoss. „Ich bin nur gespannt, was Pa dazu sagen wird."

„Das wird er auf keinen Fall erfahren", entgegnete Little Joe. „Und ich bin sicher, du wirst es auch für dich behalten. Wir wollen die Herde ohne große Verluste abliefern. Das sind wir der Kommission schuldig, wenn sie uns schon ihr Vertrauen ausspricht."

„Schön", sagte Hoss. „Ich bin stumm wie ein Fisch, aber du trägst die Verantwortung. — Würdest du ihnen auch Gewehre liefern, wenn sie es verlangten?"

„Nein, das ist eine andere Sache. Dazu wäre ich niemals bereit, obwohl es genügend illegale Waffenhändler gibt, die mit den Conchas Geschäfte machen. Nicht mal für einen Sack voll Nuggets." Little Joe grinste. „Ein betrunkener Indianer kann nur schlafen, ein bewaffneter aber schießen. — Okay?"

„Okay, du Himmelhund", sagte Hoss. „Gehen wir!"

Auf der Ponderosa war Hop Sing dabei, den Küchen- und Bagagewagen herzurichten. Anstelle einer Zeltplane trug dieser Wagen einen festen hölzernen Aufbau, an dem ein Vorzelt befestigt werden konnte. Der Chinese hatte bereits sämtliche Produkte eingeladen und war dabei, das Geschirr, in dem die Pferde gingen, zu überprüfen.

Als die Brüder in den Hof ritten, lief er ihnen entgegen, um ihnen die Pferde abzunehmen. Wie fast alle Chinesen konnte Hop Sing kein „R" aussprechen und setzte für diesen Buchstaben stets ein „L" ein. Das hörte sich sehr komisch an und gab oft Anlaß zur Heiterkeit.

„Ich beleits alles plima, plima machen", begrüßte sie Hop Sing. „Bagagewagen plima feltig. Alle Plodukte eingeladen, Bohnen, Mehl, Mais und zwei Faß Lindelfett. Jetzt können machen gloße Leise, alles plima, plima!" Er nahm die Zügel der Pferde und führte sie an den Haltebalken, um sie abzusatteln.

Hoss und Little Joe betrachteten den großen, schweren Wagen, der von einem Vierergespann gezogen wurde.

„Wenn ich nur an die Bohnen denke, die uns der alte Piggy wieder kochen wird, dann habe ich schon die Nase voll", sagte Hoss und zog ein Gesicht.

„Ein Grund für dich, weniger zu essen", meinte sein Bruder. „Du könntest ruhig zwanzig Kilo abnehmen."

„Blödsinn! — Ein Mann, der den ganzen Tag im Sattel sitzt, muß was in die Rippen bekommen, sonst kippt er um. Was Piggy kocht, kann man nur einem kranken Esel ins Ohr stecken."

„Lichtig! — Lichtig!" Hop Sing unterbrach die Arbeit des Absattelns und kam näher. „Walum nicht nehmen Hop Sing mit auf die gloße Leise? Hop Sing blaten Steaks und plima, plima Kaninchen. Ohhhh, ja! — Stimmt, Mistel Hoss, Piggy nul kochen fül klanken Esel. Ich flage Sie, walum nicht nehmen Hop Sing mit auf gloßen Tleck?"

„Und wer soll für Mr. Cartwright kochen?" fragte Little Joe. „Du weißt, es geht nicht."

„Doch, es geht", beharrte der Chinese. „Mistel Caltwlight kann essen bei Mam Olton. Ich schon mal splechen mit Mam Olton. Sie sagen — selbstvelständlich. Walum sollte Hop Sing immel bleiben zu Hause, walum?"

„Gib es auf, Hop Sing!" Little Joe sah ihn kopfschüttelnd an. „Du bist kein Cowboy. Der alte Piggy kocht nicht nur, sondern er hilft auch beim Treiben." Er erklärte, sein Vater könne natürlich bei Mrs. Orton essen, aber damit sei das Problem nicht gelöst, denn die daheim gebliebenen Cowboys müßten auch versorgt werden.

„Sie auf den Belgweiden auch allein kochen", entgegnete der Chinese. „Walum nicht kochen allein auch zu Hause?"

Little Joe stemmte die Hände in die Seiten. „Hör zu, du Nervensäge! — Es geht nicht, klar? Wir können dich auf dem Treck nicht gebrauchen!"

„Ich vielleicht doch mal mit Mistel Caltwlight splechen ..."

„Nein!" brüllte Little Joe. „Und damit ist ein für allemal Schluß mit deiner Bohrerei, klar?"

„Gut!" Der Chinese legte den Kopf auf die Seite. „Hop Sing keine Nelvensäge." Damit ging er wieder zu den Pferden.

Während die Brüder ins Haus gingen, meinte Hoss: „Eigentlich könnten wir ihn ruhig mal mitnehmen. Die

Jungs könnten tatsächlich für sich selbst kochen, und Pa würde bei den Ortons essen."

„Kommt nicht in Frage!" Little Joe sah ihn an. „Dir geht es doch nur um deinen Pudding. Du wirst eben auf ihn verzichten müssen."

Im Wohnraum saß Ben Cartwright hinter seinem Schreibtisch. Er hatte eine von Hand gezeichnete Karte vor sich ausgebreitet. Neben ihm stand Ben Hawkins, der alte, schnauzbärtige Vormann der Ponderosa.

„Wir haben die Route des Trecks eingezeichnet", wandte sich der Rancher an seine Söhne. „Die mit roten Kreuzen versehenen Stellen sind Wasserlöcher, die von Bergquellen gespeist werden. Dort ist mit Sicherheit Wasser zu finden. Die schwarzen Kreuze bedeuten Löcher, die mit Grundwasser gefüllt sind. Sie könnten um diese Jahreszeit ausgetrocknet sein."

„Ja, Pa, wie in jedem Jahr", sagte Little Joe. „Wir müssen den Treck so führen, daß wir nicht auf die Grundwasserlöcher angewiesen sind."

„Genau", nickte Ben Cartwright. „Bei richtiger Einteilung der Wegstrecke ist das durchaus möglich." Und lächelnd fügte er hinzu: „Na, ihr wißt ja Bescheid!"

Little Joe beugte sich über die Karte. Die Route zog sich in einem großen Bogen um das Conchas-Gebiet herum. Er nahm einen Stift zur Hand, legte das Lineal an und zog einen geraden Strich durch den Bogen, bis er die dort eingezeichnete Wegstrecke wieder berührte.

Der Vater sah ihn überrascht an. Hoss grinste, und Ben Hawkins begann, auf seinem Schnurrbart herumzukauen.

„Soll das heißen, du willst den Treck durch das Reservat führen?" fragte der Vormann nach einer Weile, und als Little Joe nickte, seufzte er: „Du bist wohl lebensmüde, Junge."

„Wir verkürzen den Weg um wenigstens hundert Meilen und sind nicht auf Wasserlöcher angewiesen. Die Durststrecke liegt außerhalb des großen Bogens." Es war für Little Joe sehr schwer, den Vater und Ben Hawkins für seinen ungewöhnlichen Plan zu gewinnen. Er führte an, daß sich das Verhältnis zwischen den Regierungsstellen und den Indianern sehr gebessert habe. Die Abmachungen zwischen Fort Greenwell und Tschakanuk lauteten, alle auftretenden Probleme auf friedlichem Wege zu lösen. Vor einem Jahr sei ein Durchzug noch nicht möglich gewesen. Seit dem letzten Zwischenfall im Indianerterritorium, der durch das Fest des Großen Bären ausgelöst worden war, habe sich Tschakanuk verpflichtet, alle Weißen, die sich unberechtigt im Reservat aufhielten, Fort Greenwell zu übergeben. Kein Weißer dürfe gefangengenommen und von ihm und seinen Leuten abgeurteilt werden.

„Und du glaubst, sie halten sich an diese Abmachungen?" fragte Ben Hawkins kopfschüttelnd. „Solche Übergriffe wie beim Fest des Großen Bären werden immer wieder vorkommen. Ihr seid doch nur durch die Hilfe Indianer-Bills und durch einen glücklichen Zufall mit dem Leben davongekommen *)."

„Indianer-Bill ist in meinem Auftrag drüben, um mit Tschakanuk zu verhandeln", sagte Little Joe. „Wenn er mir die Zusage des Häuptlings bringt, sehe ich keinen Grund, die Herde nicht durch das Gebiet zu treiben. — Was meinst du, Pa?"

Ben Cartwright dachte eine Weile nach, aber dann schüttelte er den Kopf. „Die Sache ist sehr riskant, Junge. Die Conchas sind unberechenbar, das haben sie uns oft

---

*) Bonanza Bd. 9: „Im Auftrag des Sheriffs"

genug bewiesen. Ich würde da nicht so sicher sein, Little Joe."

„Ich auch nicht, Pa", warf Hoss ein. „Aber wenn Indianer-Bill tatsächlich mit der Zusage kommt, so wird Tschakanuk auch sein Wort halten."

„Im Grunde genommen bist du also auch dafür."

Hoss hob die Schultern. „Warum sollten wir es nicht versuchen, Pa?"

„Hier gibt es kein Versuchen", sagte Hawkins und sah Ben Cartwright an. „Entweder sie lassen uns durch, oder wir verschwinden mit der Herde. Noch heute sind drei Siedlertrecks überfällig. Sie hatten das Conchas-Gebiet nur am Rande berührt. Sie sind verschwunden, als hätten sie sich in Luft aufgelöst."

„Das geschah vor zwei Jahren", erklärte Little Joe etwas ärgerlich. „Sie hatten in der Reservation nichts zu suchen und haben vermutlich sofort auf die Indianer geschossen, als diese ihnen entgegentraten."

„Wann kommt Indianer-Bill zurück?" fragte Cartwright.

„Heute oder spätestens morgen", erwiderte Little Joe.

„Ich will dann sofort mit ihm sprechen."

„Gut, Pa!"

Auch am nächsten Morgen war Indianer-Bill noch nicht zurück. Little Joe wurde langsam nervös und erklärte, wenn er bis Mittag nicht da sei, müsse man nach ihm forschen. Jetzt sei er überfällig, und das müsse einen besonderen Grund haben.

Hawkins grinste. „Sie werden ihm das Fell über die Ohren gezogen haben. Wenn jemand für die Langmesser arbeitet, ist er bei den Conchas schon ein toter Mann. Indianer-Bill ist in ihren Augen ein Verräter."

„Irrtum! Gerade weil er für die Soldaten arbeitete, werden sie ihm nichts tun", überlegte Little Joe. „Tschakanuk ist viel zu schlau. Er weiß genau, daß ihm dann eine Strafexpedition droht. Nein, sein Ausbleiben muß andere Gründe haben."

Sie ritten über die Weiden, um nach der Herde zu sehen, die in den nächsten Tagen den großen Treck nach Osten antreten würde. Hier weideten sie, die Longhorn-Rinder, die die Spillings-Ranch züchtete, und die Shorthorn- und Hereford-Rinder, die von Mr. Orton und den Cartwrights auf den Weg nach Osten geschickt werden sollten. Die Tiere waren alle gut im Futter und konnten somit eine Durststrecke überwinden. Wenn sie am Ziel eintrafen, hatten sie noch immer ein gutes Gewicht. Auch die Tiere der anderen Rancher standen gut im Fleisch. Ja, mit dieser Herde konnten sich die Züchter von Virginia City sehen lassen. Hier auf den unteren Weiden hatten sie gutes Gras, und ein abgeleiteter schmaler Graben aus dem Takoe-See sorgte für das nötige Wasser.

„Alles klar!" Little Joe, der mit Hoss und Hawkins die Herde von einer Anhöhe aus betrachtete, lächelte zufrieden. „Sie können hier ruhig noch einige Tage stehen, bis wir Klarheit haben."

„Das ist aber nicht im Sinne der Kommission", erklärte der Vormann. „Sie will, daß wir so schnell wie möglich auf die Reise gehen."

„Ich treibe sie diesmal durch das Reservat", beharrte Little Joe. „Ich bin Treckführer und entscheide, wann es losgeht." Und etwas ärgerlich fügte er hinzu: „Ich möchte nur wissen, wo Indianer-Bill bleibt."

„Es wird uns nichts anderes übrig bleiben, als drüben nachzusehen." Hoss schob seinen Kalispell-Hut ins Genick und tupfte sich mit einem Tuch den Schweiß von der Stirn. „Aber wo sollen wir ihn suchen?"

„Wir warten noch bis zum Mittag, dann werden wir

bei der Puma-Schlucht über den Takoe gehen." Little Joe gab seinem Rappen die Sporen, und die anderen folgten ihm.

Ben Cartwright war von dem Plan, nach Indianer-Bill im Reservat zu suchen, nicht sehr begeistert.

„Wir müssen nach ihm suchen, Pa", sagte Little Joe. „Zwar glaube ich nicht, daß ihn die Conchas zurückhalten, aber ihm könnte etwas passiert sein."

So machten sich Little Joe und sein Bruder nach dem Lunch auf den Weg zur Puma-Schlucht. Dort, in der Nähe des Takoe-Flusses, erkletterten sie einen Felsen, um von ihm aus Einblick ins Reservat zu nehmen. Auf der gegenüberliegenden Seite des Flusses sahen sie am Horizont eine Staubwolke, die sich langsam näherte. Bald wurden in ihr dunkle Pünktchen sichtbar, die bald darauf als Reiter erkennbar waren. Es handelte sich um eine Gruppe Indianer, die etwas später den Takoe erreichten.

„Und was jetzt?" fragte Hoss.

„Wir werden sie fragen", antwortete Little Joe. „So viel Conchas kann ich, um mich mit ihnen zu verständigen. Los, komm!"

Eine Befragung der Indianer war aber nicht mehr notwendig. Als sie den Takoe erreichten, löste sich aus der Gruppe der Rothäute ein Reiter, der auf einem struppigen Schimmel durch die Furt ritt und ihnen entgegenkam. Es war Indianer-Bill.

„Zum Teufel, da kommt er ja!" Little Joe reckte sich im Sattel und winkte ihm zu. „Bin gespannt, was er zu berichten hat."

Indianer-Bill war mit einem weichgegerbten weißen Lederanzug bekleidet, dessen Rückenblende und Ärmel mit roten Fransen und indianischer Perlenstickerei verziert waren. Das Halbblut war größer und stämmiger als

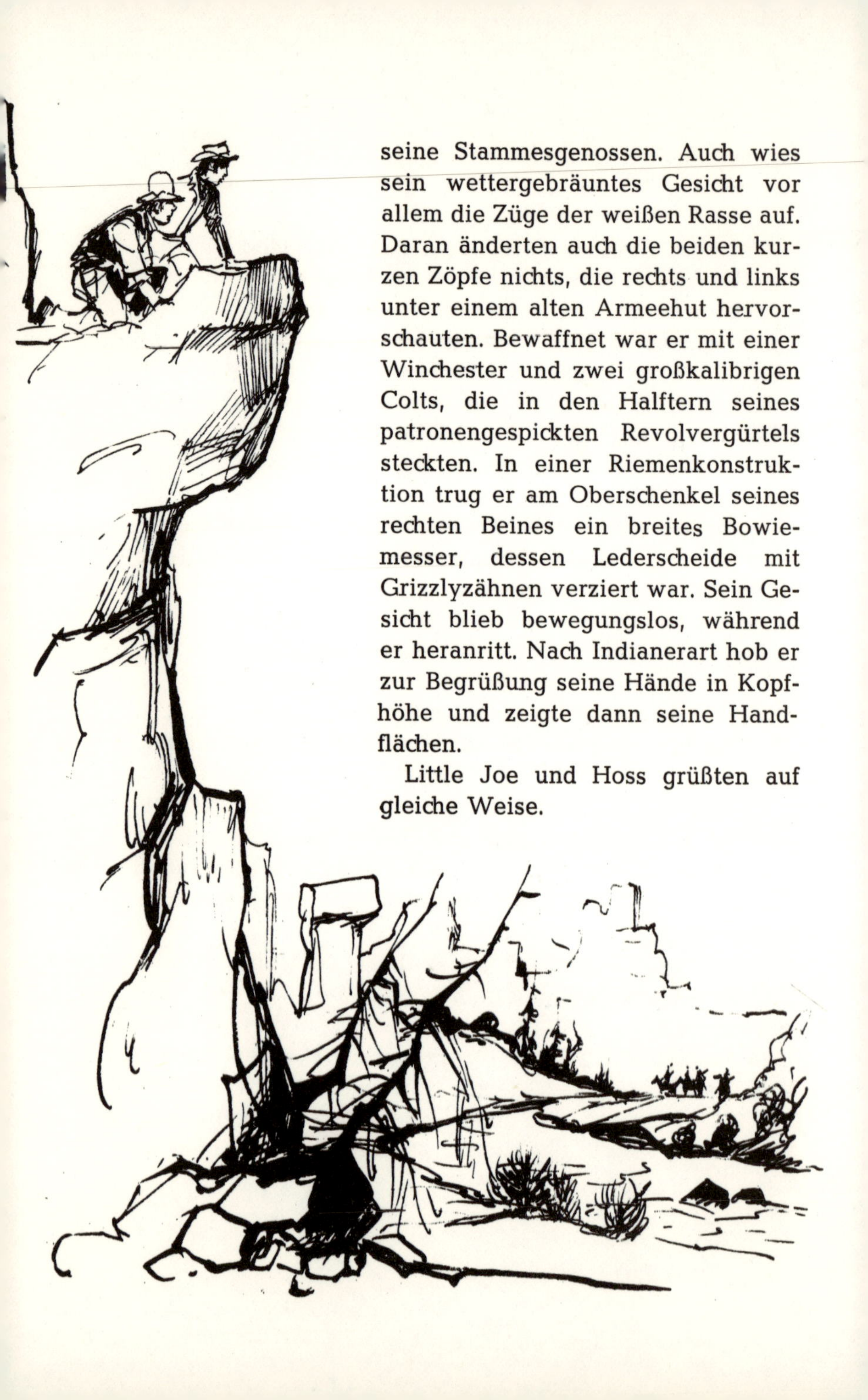

seine Stammesgenossen. Auch wies sein wettergebräuntes Gesicht vor allem die Züge der weißen Rasse auf. Daran änderten auch die beiden kurzen Zöpfe nichts, die rechts und links unter einem alten Armeehut hervorschauten. Bewaffnet war er mit einer Winchester und zwei großkalibrigen Colts, die in den Halftern seines patronengespickten Revolvergürtels steckten. In einer Riemenkonstruktion trug er am Oberschenkel seines rechten Beines ein breites Bowiemesser, dessen Lederscheide mit Grizzlyzähnen verziert war. Sein Gesicht blieb bewegungslos, während er heranritt. Nach Indianerart hob er zur Begrüßung seine Hände in Kopfhöhe und zeigte dann seine Handflächen.

Little Joe und Hoss grüßten auf gleiche Weise.

„Du kommst spät", sagte Little Joe. „Ist Tschakanuk einverstanden?"

„Tschakanuk war auf Jagd", antwortete Indianer-Bill. „Ich warten, bis er zurück." Seine Muttersprache war Conchas. Er drückte sich wie alle Indianer im Englischen in Kurzform aus. „Ja, er einverstanden. Er geben Herde freien Durchzug im Conchas-Gebiet."

„Und was verlangt er dafür?"

Indianer-Bill erklärte, der Häuptling fordere für den freien Durchzug der Herde zwanzig Hereford-Rinder, zweihundert Schuß Gewehrmunition und fünf kleine Fässer Whisky.

„Alles klar, aber keine Munition", sagte Little Joe.

Indianer-Bill nickte. „Ich auch so denken. Wenn nicht Munition, dann sechs Faß Whisky, sagt Tschakanuk. Ich schon so verhandeln."

Das Halbblut berichtete weiter, der Häuptling verlange, daß die geforderte Abgabe einen Tag vor dem Durchzug der Herde ausgehändigt werden müsse.

Little Joe warf Hoss einen triumphierenden Blick zu. „Na, was sagte ich! — Alles klar!" Er wandte sich an Indianer-Bill: „Glaubst du, Tschakanuk meint es ehrlich?"

„Kann ich in seinen Kopf schauen?" fragte das Halbblut. „Kannst du es?"

„So ganz sicher ist er also auch nicht", gab Hoss zu bedenken. „Na, du mußt es wissen!"

Auf der Ponderosa wurde Indianer-Bill noch einmal von Ben Cartwright befragt. Little Joe hatte ihm verboten, von dem Whisky zu sprechen. So kamen als Abgabe nur die zwanzig Hereford-Rinder zur Sprache.

„Darauf können wir uns einlassen", stellte der Rancher befriedigt fest. „Ich hoffe nur, Tschakanuk handelt ohne Hintergedanken."

Noch am gleichen Abend war Hop Sing von Little Joe beauftragt worden, im Drugstore die sechs Faß Whisky zu kaufen. Jetzt lagen sie, unter Stroh versteckt, auf dem Einspänner in der Scheune. Am nächsten Morgen sollte der Chinese den Wagen zum Takoe-Fluß fahren und dort warten, bis Little Joe mit den Rindern eintraf. Wenn Ben Cartwright ihn fragte, wohin er fahre, sollte er antworten, er wolle in der Stadt Produkte einkaufen. Little Joe war sicher, daß sein Vater mit der Lieferung des Whiskys an die Indianer nicht einverstanden war. Für Tschakanuk war der Whisky aber wichtiger als die Rinder. Wenn er ihm schon keine Munition lieferte, so mußte er hier ein Auge zudrücken. Ihm ging es nur um den Treck.

Indianer-Bill, der den Einspänner in aller Frühe zum Takoe begleitet hatte, ließ den Wagen von Hop Sing in ein Gebüsch fahren. Er selbst erkletterte einen Felsen. Von dort konnte er über den Fluß zu den Takoe-Felsen sehen. Er wollte sich vergewissern, ob Tschakanuk bereits eingetroffen war. Eine feine Rauchsäule, die kerzengerade in die windstille Luft stieg, fesselte seine Aufmerksamkeit. Nein, das rote Häuptlingszelt war nirgendwo zu erspähen. Er sah nur eine Gruppe Conchas, die vermutlich zu den Bewachern der Reservatgrenze gehörten. Sie saßen um ein Feuer und hatten ihre Pferde an einer Felswand stehen. Mit ihnen zu verhandeln, war zwecklos. Er wollte seinen Platz schon verlassen, da stieg weit hinten am Horizont von einem Felsenturm eine Rauchsäule auf. Das war das Achtungssignal für die Übermittlung einer Meldung. Indianer-Bill kannte sich in der für einen Weißen sehr komplizierten Nachrichtenübermittlung durch

Rauchzeichen aus. Die dann in gewissen Abständen aufsteigenden Rauchballen sagten ihm, daß Tschakanuk mit seiner Gruppe unterwegs war und in kurzer Zeit eintreffen würde. Die Nachricht war offenbar an den Grenztrupp gerichtet. Er sah, wie der Beobachter der Conchas von einem Felsen sprang und seinen Stammesgenossen die Meldung übermittelte. Daraufhin geriet die Gruppe in Bewegung, schwang sich auf die Pferde und preschte davon.

Indianer-Bill blieb ruhig auf seinem Platz. Er wollte die Ankunft des Häuptlings abwarten, um sich zu vergewissern, daß alles in Ordnung war.

Nach etwa einer halben Stunde tauchte die Häuptlingsgruppe in einer hohen Staubwolke auf. Tschakanuk wurde von mehreren Kriegern begleitet. Auf Indianerschlitten führten sie zwei Zelte mit. Diese Schlitten bestanden aus zwei dünnen Baumstämmen, zwischen die, wie in einer Wagengabel, ein Pferd geschirrt war. Zwischen den Stämmen waren Rinderhäute gespannt, die die Ausrüstung trugen. Die dünnen Enden der Baumstämme schleiften über den Boden und verursachten die großen Staubwolken.

Indianer-Bill wartete noch, bis das rote Häuptlingszelt bei den Takoe-Felsen aufgerichtet war, dann verließ er seinen Platz und kehrte zu Hop Sing zurück.

„Nun, was machen Lothäute?" fragte der Chinese unruhig. Er hatte mit Indianern bisher wenig Kontakt gehabt und kannte nur die Greuelgeschichten, die man über sie erzählte.

„Alles gut", sagte Indianer-Bill. „Du hier ruhig warten, bis Rinder kommen."

„Und sie nicht kommen hielhel?"

Das Halbblut schüttelte den Kopf.

Daraufhin nahm Hop Sing ein großes Schlachtmesser aus einem Sack und legte es neben seinen Sitz. „Wenn doch kommen, ich volbeleitet", grinste er. „Bessel ist bessel!"

Ein winziges Lächeln zog über das Gesicht Indianer-Bills. „Sie nicht kommen."

Die Cartwrights saßen noch beim Frühstück, als Indianer-Bill auf der Ponderosa eintraf. Er berichtete, was er gesehen hatte.

„Na, dann ist ja alles in Ordnung", meinte Ben Cartwright. „Komm, setz dich zu uns und iß etwas!"

„Aber verdirb dir nicht den Magen, denn das Frühstück hat diesmal mein Bruder gemacht", sagte Hoss. „Die Eiel mit Schinken macht Hop Sing zehnmal besser."

„Halte den Mund!" fuhr ihn Little Joe an. „Ich sehe nur, daß dein Teller leer ist."

„Ja, der Hunger treibt's 'rein", maulte der Dicke. „Ich würde in diesem Falle auch kleingehackte Schuhsohlen essen."

„Schluß, Jungs!" gebot der Vater. „Ich weiß allerdings auch nicht, warum Hop Sing schon so früh in die Stadt fahren mußte, daß er nicht mal das Frühstück machen kann. Die Produkte hätte er auch später besorgen können."

„Deine Worte sagen mir, daß dir der Teufelsfraß also auch nicht geschmeckt hat", grinste Hoss. „Da sind mir die Bohnen vom alten Piggy noch lieber."

Little Joe warf seinem Bruder einen Blick zu.

„Ja, schon gut", winkte Hoss ab. „Ich sage schon nichts mehr."

Schweigend verzehrte Indianer-Bill sein Frühstück, aber dann drängte er zum Aufbruch.

Ben Hawkins hatte die zwanzig Hereford-Rinder bereits am Abend vorher in einen Freikorral getrieben. Der Vormann stieg auf sein Pferd, als Little Joe, Hoss und Indianer-Bill aus dem Haus kamen. Von zwei Cowboys wurden die Tiere auf die Straße getrieben, und dann setzte sich die kleine Gruppe in Richtung der Reservatgrenze in Bewegung.

Hop Sing erwartete sie schon ungeduldig. Er stand neben dem Wagen, sein Schlachtmesser in der Hand. Er erklärte, schon mehrere Male seien Indianer am Fluß aufgetaucht. „Ein Hühnelmensch sitzen in Felsen", berichtete er. Der Chinese nannte die Indianer wegen ihres Federschmuckes „Hühnermenschen". Er fand es unverständlich, daß sie sich mit Federn schmückten.

Indianer-Bill hatte den Beobachter sofort bemerkt. Es war ein Unterhäuptling, der drei Adlerfedern im Stirnband trug. Er stand auf einem Felsvorsprung und schaute zu ihnen herüber.

„Na, dann wollen wir sie auch nicht länger warten lassen", sagte Little Joe. „Aber wir reiten erst allein hinüber." Er wandte sich an die Cowboys: „Ihr kommt mit den Rindern und dem Wagen erst, wenn ich euch ein Zeichen gebe."

„Nur, wenn wir ein Zeichen bekommen", bestätigte Hawkins. „Bleibt ihr länger als eine Stunde weg, alarmieren wir Fort Greenwell."

„Blödsinn", lachte Little Joe. „Sie wären nicht da, wenn sie nicht auf unseren Handel eingingen."

Auf der gegenüberliegenden Seite des Flusses wurden sie von dem Unterhäuptling erwartet. Als Little Joe mit Hoss und Indianer-Bill ans Ufer ritt, legte er sein Gewehr vor sich auf den Boden und hob zur Begrüßung die Hände. Er richtete einige Worte in Conchas an sie und machte eine einladende Handbewegung.

„Was sagt er?“ fragte Little Joe.

„Tschakanuk erwartet uns“, übersetzte Indianer-Bill. „Er sich freuen, weiße Männer zu sehen.“

Vor einer Wand der Takoe-Felsen standen zwei Zelte. Eins von ihnen war mit roter Farbe bemalt und trug das Zeichen des Häuptlings, einen Adler mit ausgebreiteten Schwingen. Vor ihm brannte ein kleines Feuer. Es waren etwa zehn Rothäute, aus deren Gruppe sich Tschakanuk löste und ihnen entgegenkam. Er war mit der großen Federhaube geschmückt. Sein muskulöser Oberkörper war nackt. Die weichgegerbte lange Lederhose wurde von einem Perlenschurz gehalten.

Er trug mit Ornamenten bestickte Mokassins und hielt eine Winchester in der Hand.

Hoss mußte unwillkürlich daran denken, wie es gewesen war, als er diesem Häuptling zum ersten Mal gegenübergestanden hatte. Ja, das Fest des Großen Bären würde er so leicht nicht vergessen. Damals hatte ihr Leben, wie man so sagt, nur noch an einem seidenen Faden gehangen *). Dieser Tschakanuk war jedoch ein anderer geworden. Er lud die Weißen zum Platznehmen am Feuer ein. Die Friedenspfeife wurde angezündet und machte die Runde. Dann kam man auf den eigentlichen Grund des Zusammentreffens zu sprechen. Er bestätigte noch einmal, er sei bereit, der Herde und ihrer Begleitung freien Durchzug zu gewähren.

„Du bringst Tschakanuk das Versprochene?" fragte der Häuptling. Er sprach das Englisch mit dem singenden Tonfall der Conchas. „Munition, Whisky und Rinder?"

„Nicht Munition, dafür mehr Whisky und zwanzig Rinder", antwortete Little Joe. „Du weißt, unsere Regierung duldet kein Tauschgeschäft mit Munition."

Lächelnd gab Tschakanuk zwei Kriegern einen Wink und rief ihnen etwas zu. Sie brachten eine Kiste ans Feuer. Hoss und Little Joe sahen, daß sie bis obenhin mit Gewehrmunition gefüllt war.

„Tschakanuk könnte euch den Durchzug verwehren, aber er braucht eure Munition nicht. Mit Gold kann Tschakanuk von den Weißen den Mond kaufen."

„Es ist schon viel, wenn ich dir Whisky liefere", fuhr Little Joe fort. „Auch das ist eigentlich verboten."

„Die Langmesser, der große weiße Häuptling in Washington und auch Manitu sehen nicht alles", wandte

---

*) Bonanza Bd. 9: „Im Auftrag des Sheriffs"

Tschakanuk ein. „Ich lasse euch durch mein Land ziehen, weil ich euch meine Freundschaft beweisen will. Den Whisky und die Rinder betrachte ich als Geschenk dieser Freundschaft. Mit Gold kann ich auch Whisky kaufen." Er gab einem Krieger einen Wink. Der Mann holte aus dem Zelt einen Häuptlingsspeer und übergab ihn Tschakanuk. Dieser überreichte ihn Little Joe mit den Worten: „Wer diesen Speer in meinem Gebiet sieht, weiß, daß du Tschakanuks Freund bist. Er wird dir alle Wigwams der Conchas öffnen."

Jetzt mußten die Gegengeschenke folgen, und so trotteten kurze Zeit später die Hereford-Rinder durch die Furt. Ihnen folgte Hop Sing mit dem Einspänner. Die Indianer luden die Fässer ab, und der Chinese machte sich mit den Cowboys wieder auf den Rückweg. Er war froh, von den „Hühnermenschen" nicht belästigt worden zu sein. Nur Ben Hawkins blieb bei den anderen zurück.

Tschakanuk öffnete sofort ein Faß, um sich von dem Inhalt zu überzeugen. Er trank aus der hohlen Hand. Dann füllte er die Gefäße seiner Krieger. Lachend hockten sie sich vor den Zelten nieder.

„Ich glaube, es ist Zeit, zu gehen", sagte Hoss. „Das gibt ein großes Besäufnis, und dann sind sie unberechenbar."

Auch Indianer-Bill war der Ansicht.

Tschakanuk lud sie jedoch zum Bleiben ein und reichte ihnen einen Tonbecher mit Whisky. „Ihr mit mir trinken", sagte er. „Ich euer Freund!"

Little Joe ließ den Becher herumgehen.

In diesem Augenblick fielen in einiger Entfernung Schüsse. Sofort griffen die Indianer nach ihren Gewehren. Tschakanuk gab ihnen Anweisungen, und die Krieger verschwanden im Gelände.

„Zum Teufel, das hat uns gerade noch gefehlt!" Little Joe winkte den anderen, sie sollten in Deckung gehen.

Hoss und Hawkins verschwanden hinter einer Felswand, während sich Indianer-Bill hinter einen Steinblock kauerte, um von dort aus beobachten zu können.

Tschakanuk und zwei Unterhäuptlinge waren bei den Zelten geblieben. Sie hielten ihre Gewehre schußbereit in der Hand.

Erneut fielen Schüsse, diesmal in geringer Entfernung. Die Indianer mußten ihren Gegner zum Kampf gestellt haben. Man konnte deutlich das dumpfe „Plop" eines Colts von dem Knall der Gewehrmunition unterscheiden. Da die Indianer keine Colts trugen, konnten ihre Gegner nur Weiße sein. Es gab immer wieder verrückte Kerle, die sofort auf Indianer schossen, wenn sie ihnen vor den Lauf kamen.

Es dauerte eine ganze Weile, bis die Krieger zurückkamen. In ihrer Mitte führten sie einen schmächtigen kleinen Kerl. Es war ein Weißer, der aus einer Kopfwunde blutete. Man hatte ihm die Hände mit einem Lederriemen auf den Rücken gebunden. Die Krieger stießen ihn vor Tschakanuk zu Boden, und der Häuptling setzte ihm seinen Fuß auf die Brust. Das war das Zeichen, daß er ihm das Leben schenkte und ihn als Gefangenen betrachtete.

„Gehen wir", sagte Little Joe. „Wir dürfen uns hier nicht einmischen. Vermutlich hat der Kerl auf Tschakanuks Leute geschossen. Soll er die Suppe allein auslöffeln."

„He, das kannst du doch nicht machen", fuhr ihn Hoss an. „Er ist schließlich ein Weißer. Wir müssen ihm helfen." Er wandte sich an Indianer-Bill: „Frage, was er getan hat und was mit ihm geschieht."

Das Halbblut kam der Aufforderung nach. Er sprach mit einem der Krieger und kehrte mit der Antwort zurück, zwei Weiße hätten die Reservats-Patrouille der Conchas beschossen. Einer der Weißen sei geflohen.

„Und was geschieht mit dem Gefangenen?" fragte Hoss. „Nach den neuen Abmachungen muß er dem Kommando in Fort Greenwell übergeben werden."

„Natürlich", nickte Little Joe. „Wir haben hier also nichts mehr zu suchen. — Kommt!"

Er ging zu den Pferden, aber in diesem Moment hatte der Gefangene, den die Indianer an einen Baum banden, die Weißen bemerkt. Er reckte sich und sah zu ihnen herüber.

Hoss blieb stehen.

„So helft mir doch!“ schrie der Gefangene. „Ihr könnt mich doch nicht umbringen lassen!“

„He, Joe, wir müssen was tun!“ rief Hoss seinem Bruder nach. „Wir müssen mit Tschakanuk sprechen.“

Little Joe kam zurück. „Sei vernünftig, Hoss! Ich bin froh, daß die Sache für uns so gut ausgegangen ist. Tschakanuk muß den Mann nach Fort Greenwell bringen lassen ...“

„Einen Dreck wird er“, fiel ihm Ben Hawkins ins Wort. „Er wartet nur, bis wir weg sind, dann werden sie ihm das Fell über die Ohren ziehen.“

Little Joe sah ihn an, dann ging er wortlos auf Tschakanuk zu, der im Kreis seiner Krieger vor dem Gefangenen stand.

„Was geschieht mit dem Mann?“

Ein böses Lächeln trat um die Mundwinkel des Häuptlings. Es paßte so gar nicht zu seiner Antwort. „Meine Krieger werden ihn in Fort Greenwell den Soldaten übergeben.“

„Glauben Sie ihm nicht!“ schrie der Gefangene dazwischen. „Ich werde niemals in Fort Greenwell ankommen. Sie müssen mir helfen!“

Tschakanuk lächelte noch böser. „Er hat recht“, sagte er. „Es sind viele Meilen bis Fort Greenwell, und meine Augen wachen nicht über ihn.“

„Und wenn ich dich bitte, ihn freizulassen?“

„Du verlangst sehr viel“, antwortete der Häuptling. „Dieser stinkende Kojote ist ein Indianertöter, einer der

Weißen, die uns wie Wölfe jagen. Er hätte den Tod verdient, aber Tschakanuk ist großmütig. Er ist frei, aber er mag daraus lernen." Er gab seinen Kriegern einen Wink, den Gefangenen loszubinden.

Damit hatte Little Joe nicht gerechnet.

Tschakanuk merkte es. „Ich schenke ihn dir! Du siehst, daß mir deine Freundschaft mehr wert ist als das Leben dieses stinkenden Kojoten."

„Mister, wie kann ich Ihnen nur danken?" sagte der Gefangene, als er kurze Zeit später mit der Gruppe durch den Fluß ritt. „Das hätte ich nie für möglich gehalten."

Little Joe gefiel der Mann nicht. Dieser kleine unrasierte Kerl hatte einen verschlagenen Blick. Der Mann war natürlich froh, den Indianern entkommen zu sein, aber seine Dankbarkeit war nicht echt. Sein Name sei Al Robinson, erklärte er, und er fühle sich ihnen jetzt verpflichtet. Er suche Arbeit und sei bereit, alles zu tun. „Sie sind doch Rancher, Sir?"

„Aber ich kann Ihnen keine Stelle anbieten", sagte Little Joe. „Mein Vater ist der Boß. Wir sind vollbesetzt und dabei, einen 500-Meilen-Trail auf den Weg zu bringen."

„Ich könnte in der Remuda als Pferdetreiber für Sie arbeiten", bot sich Robinson an. „Wenn ich die Remuda leite, brauchen Sie sich keine Sorgen zu machen."

Bei der Remuda handelte es sich um eine Pferdeherde, die den Trail oder Treck begleitete. Aus ihr holten sich die Cowboys, die die Rinderherde trieben, frische Pferde.

An die Remuda hatte Little Joe noch nicht gedacht. Ja, sie war auch noch aufzustellen. Wenigstens dreißig Pferde mußten mitgenommen werden. Orton und Spillings hatten sie zur Verfügung zu stellen, die Ponderosa war aber für das Begleitpersonal verantwortlich.

„Wir könnten ihn gebrauchen", sagte Hoss. „Wenn er schon in einer Remuda arbeitete, ist das nur ein Vorteil. Pa wird schon einverstanden sein."

Little Joe mußte sich einen starken Ruck geben. „Na, schön, Hawkins, wenn mein Vater einverstanden ist, kann er mitmachen. Weisen Sie ihn im Mannschaftshaus ein."

Der Vormann war einverstanden.

So trat der unbekannte Al Robinson noch am gleichen Tag seine Stellung als Pferdetreiber für den Trail auf der Ponderosa an. Die Pferdeherde, die er aus den Beständen der Orton- und Spillings-Ranch zusammenstellte, kennzeichnete ihn als Pferdekenner. Little Joe hatte auf einmal das Gefühl, mit der Einstellung dieses Mannes einen guten Griff getan zu haben, obwohl ihm eine innere Stimme zur Vorsicht riet. Sicher, der Kerl hatte auf die Indianer geschossen, aber war das nun ein Grund, ihm zu mißtrauen? Nein, das war es nicht, was Little Joe zur Vorsicht mahnte. Robinson hatte etwas in seinem Blick, was Joe unsicher machte.

Hoss hatte sich mit dem neuen Mitarbeiter schnell abgefunden. Er war der Ansicht, Robinson müsse ihnen dankbar sein, und aus diesem Grunde würde er seine Arbeit gut verrichten.

Auch Ben Cartwright hatte an Robinson nichts auszusetzen, zumal der Mann durch die Auswahl der Pferde bewies, daß er durchaus in der Lage war, eine Remuda zusammenzustellen. Das setzte ein Fingerspitzengefühl für Pferde voraus. Little Joe meinte zwar, das habe auch jeder Pferdedieb, aber schließlich gab er sich geschlagen. Gut, Robinson war eingestellt, warum sollte er sich dagegen auflehnen?

Die Abreise des Trails war auf den übernächsten Tag festgesetzt worden.

Am Abend wurde von Ben Cartwright, seinen Söhnen und dem Vormann Ben Hawkins der Einsatz der Leute besprochen. Hawkins hatte dazu schon einen Plan im Kopf.

„Little Joe, Hoss und Indianer-Bill reiten der Herde voraus, ihnen folgen zwei Spitzenreiter, danach je drei Flügelreiter und je drei Flankenreiter", führte er aus. „Ich mache mit den restlichen Leuten die Schlußreiter. Piggy fährt mit dem Küchenwagen direkt hinter Little Joe, dem Trailboß, und seinen Leuten. Robinson hält sich etwa eine halbe Meile seitlich mit dem Pferderudel von der Herde auf. Ihm werden zwei Orton-Leute zugeteilt. Wir sind somit zweiundzwanzig Mann, und das dürfte auf jeden Fall genügen."

Ben Cartwright nickte. „Alles klar!"

„Da sich die Rinder nur widerwillig von der Heimatweide trennen, müssen wir sie in den ersten 3—4 Tagen ununterbrochen vorwärtsjagen", fuhr Hawkins fort. „Ich schätze 25—30 Meilen pro Tag. Am vierten Tag nehmen wir als Tagesleistung 10—15 Meilen. Damit haben wir das Indianergebiet hinter uns und können den Trail nun in aller Ruhe zu Ende bringen. Mittagspause ist von zwölf bis vier Uhr." Er kaute auf seinem Bart herum. „Ja, Boß, ich glaube, das wär's!"

Wieder nickte Ben Cartwright zustimmend, und auch Little Joe und Hoss gaben ihr Einverständnis.

Am nächsten Tag kam Piggy. Hoss fand ihn bei Hop Sing in der Küche.

„Ich ihm zeigen, wie el machen gutes Koch fül den Tlail", sagte der Chinese. „Sie sagen, el kochen Bohnen nicht gut. Ich ihm zeigen."

Piggy arbeitete bei jedem Trail als Cookie. Er war etwa sechzig Jahre alt, hatte einen kurzen weißen Bart und helle blaue Augen. Er war früher Flankenreiter gewesen. Nur weil er so alt war und unbedingt jeden Trail mitmachen wollte, hatte man ihm den Posten des Kochs übertragen. Um diese Arbeit schlug sich niemand. So waren seine Kochkünste begrenzt. Maisfladen und Bohnen wechselten einander ab, dazu wurde das Fleisch von erlegtem Wild in den Topf gebracht.

„Ja, er will mir zeigen, wie ich Bohnen besser mache", sagte Piggy. „Meine Bohnen sind schon Klasse, aber ich lerne immer gern etwas hinzu."

Hoss schluckte nur.

„El muß nehmen Beifuß dazu", erklärte Hop Sing. „Und noch viele andele Kläutel. Ich zeigen, el selbst essen und schmecken."

Hoss verließ die Küche mit dem komischen Gefühl, daß hier etwas nicht stimme. Wie kam Hop Sing dazu, Piggy in der Kochkunst zu unterweisen? Er hätte ihm doch am liebsten den Hals umgedreht, um seine Stelle als Cookie zu bekommen. Ja, das war schon sehr komisch.

Noch komischer wurde es, als am nächsten Tag Cora Orton mit dem Einspänner der Orton-Ranch auftauchte. Sie brachte Gloria, eine dicke Negerin, die bei Ortons als Beiköchin arbeitete. „So, hier ist sie!"

„He, was soll sie hier?" fragte Little Joe mißtrauisch, als Cora mit ihr vom Wagen sprang. „Wir haben Hop Sing und brauchen keine Köchin."

„Hop Sing will ihr einige Rezepte beibringen", erklärte Cora. „Meinem Vater haben letzthin die Kräutersteaks bei euch so gut geschmeckt."

„Und da kommt sie gleich mit ihren ganzen Klamotten an?"

„Sie wird bei euch wohnen. Dein Vater hat schon zugestimmt."

„Na, da bin ich aber gespannt, was Hop Sing dazu sagt", grinste Little Joe.

Im gleichen Augenblick erschien der Chinese in der Küchentür. Offenbar war er aber schon von Ben Cartwright unterrichtet worden. Er begrüßte die Negerin sehr freundlich. „Kommen Sie lein, Miß Glolia! — Sie schlafen Flemdenzimmel. Alles plima, plima feltig." Damit verschwand er mit der dicken Negerin im Haus.

„Na, was willst du?" fragte Cora. „Bleibt es dabei, daß ihr mich nicht mitnehmt?"

„Natürlich! Ich sagte dir doch, daß Frauen bei einem Trail nur im Wege sind", antwortete Little Joe. „Es bleibt dabei, wir können dich nicht mitnehmen. — Klar?"

Ohne ein weiteres Wort zu sagen, stieg Cora wieder auf den Kutschbock und fuhr mit dem Wagen davon.

Kopfschüttelnd sah ihr Little Joe nach. Diese Frauen waren doch sonderbare Geschöpfe. Er hatte ihr nun klipp und klar gesagt, er werde sie nicht mitnehmen. Immer wieder versuchten sie, einen Mann umzustimmen.

Am nächsten Tag stand der Trail abmarschbereit. Die Herde zog bereits im Schritt, von den Cowboys sanft in Marschrichtung gebracht, der Reservatgrenze zu. Alle Teilnehmer waren erschienen, nur Piggy fehlte. Angeschirrt stand der Küchenwagen auf dem Hof.

„Zum Teufel, wo bleibt der Kerl nur?" schimpfte Little Joe und wandte sich an Hoss. „Schau nach, was los ist!"

Hoss ritt davon und kam zehn Minuten später mit der Nachricht zurück, Piggy müsse für den Trail ausfallen. Doc Brandford habe eine leichte Ruhr konstatiert. Es sei ganz unmöglich, daß der Alte seinen Posten antreten könne.

„Und was machen wir jetzt?" fragte Little Joe. „Wir brauchen einen Koch."

„Ja, ja, einen Koch", jubelte Hop Sing und tanzte von einem Bein auf das andere. „Hiel ist Hop Sing! Wo Sie suchen einen Koch? — Hiel ist el!"

„Ja, dann nehmt ihn doch mit", schlug Ben Cartwright vor. „Wo wollt ihr so schnell einen Koch herbekommen? Zufällig ist Gloria hier, also könnte ich ihn entbehren."

„Zufällig?" Little Joe warf dem Chinesen einen Blick zu. „Nein, hier ist nichts zufällig. Ich weiß nicht, wie das alles zusammenhängt, aber daran ist gedreht worden. Auch die Krankheit von Piggy kommt mir sehr spanisch vor."

„Nein, nicht spanisch", sagte Hop Sing. „Kubanisch! — El nehmen zuviel Kubanischen Pfeffel in Bohnen. Hop Sing sofolt sagen, el bekommen Dulchfall von vielem Pfeffel. El nicht hölen und Bohnen essen. Jetzt Dulchfall, velstehen?"

„Ich verstehe vorerst gar nichts", antwortete Little Joe. „Nur weiß ich genau, daß hier etwas nicht stimmt. Dein Bohnenrezept war wohl etwas ganz Besonderes."

„Ja, was ist denn nun?" fragte Hoss und stieg aus dem Sattel. „Wir müssen ihn schon mitnehmen. Ich frage mich überhaupt, warum nicht?"

„Na, schön!" Little Joe wandte sich an den Chinesen. „Los, dann hole deine Sachen!"

„Sie nicht beleuen, Mistel Joe!" Hop Sing verschwand eilig im Haus und kam schon Sekunden darauf mit einem gepackten Seesack zurück.

„Da staune ich aber", sagte Little Joe. „Der stand doch schon fertig gepackt hinter der Tür."

„Ohhh, Hop Sing sehl schnell", lachte der Chinese. „Jetzt noch umziehen, plima, plima!" Damit rannte er wieder ins Haus. Diesmal dauerte es etwas länger, aber als Hop Sing dann endlich in die Tür trat und breitbeinig zum Küchenwagen ging, hielten Ben Cartwright und seine Söhne unwillkürlich die Luft an.

Hop Sing hatte seinen schwarzen Rock und das Wattejäckchen gegen einen zünftigen Westernanzug getauscht. Er trug halbhohe Cowboystiefel, mit Schmuckornamenten verziert, eine dunkle Reithose und ein indianisches Lederhemd mit roten Fransen. Sein langer Zopf schaute unter einem Kalispell hervor, einem Hut, wie ihn Hoss trug. Ein neuer Revolvergürtel mit zwei schweren Colts in den gelbledernen Halftern vervollständigten die Ausrüstung.

Das Staunen der Cartwrights dauerte aber nur einige Sekunden, dann bekamen Ben Cartwright und seine Söhne einen Lachanfall.

„Ich — ich werde glatt verrückt!" schnaufte Little Joe und wischte sich die Tränen aus den Augen.

Hop Sing war über den Heiterkeitsausbruch nicht sehr erfreut. „Walum lachen übel Hop Sing? Hop Sing alles neu im Magazin Vilginia City gekauft. — Plima, plima!"

„Ja, natürlich, prima", lachte Little Joe. „Aber ich möchte nur wissen, woher wußtest du, daß wir dich mitnehmen? Das hat sich doch eben erst entschieden."

„Hop Sing wissen, Sie klug, Mistel Joe", antwortete der Chinese. „Piggy essen Bohnen mit Pfeffel, und ich wissen, el welden klank. Nul noch Hop Sing da, um machen Cookie. Sofolt kaufen Auslüstung fül Tlail. — Gut gedacht von Hop Sing?"

„Sehr gut gedacht", lächelte Little Joe. „Auch gut gedacht, Gloria hierher zu bringen, damit alles klargeht. Ich komme dir aber schon hinter deine Schliche. Piggys Bohnen hast du doch gekocht — oder?"

„Ja, stimmt", nickte Hop Sing. „Abel el nehmen Pfeffel selbst. Hop Sing nehmen niemals so viel Pfeffel vom Kubanischen. El machen Dulchfall."

Für Little Joe war alles klar. Hop Sing hatte alles bestens vorbereitet. Er wollte diesmal unter allen Umständen mit auf den Trail gehen. Die Bohnensuppe, die er für Piggy bereitet hatte, war dementsprechend gekocht worden. Mit von der Verschwörung war ohne Zweifel Cora. Sie war es, die Gloria hergebracht hatte, damit alles reibungslos vonstatten ging. Aber warum tat sie das? Nur um Hop Sing einen Gefallen zu tun? Daran konnte Little Joe nicht glauben. Nein, hier waren andere Dinge im Spiel.

Gegen Mittag hatte der Trail die Reservatsgrenze überschritten. Die Tiere waren bisher willig in die ihnen gewiesene Richtung hinter dem Leitstier hergetrottet. Das eigentliche Treiben im Tempo begann erst jenseits der Grenze. Hier wurde richtig formiert und dann auf Tempo gedrängt. Jeder Cowboy bekam seinen Platz, den er nur zum Pferdewechsel verlassen durfte, zugewiesen. Die Remuda mit Al Robinson und den beiden Pferdetreibern zog eine halbe Meile seitlich neben der Herde her. Die Mittagspause von zwölf bis vier Uhr benutzte Little Joe dazu, den Trail zu formieren und den Cowboys die letzten Anweisungen zu geben. Die Herde stand in einer breiten Schlucht, die von hohen Felswänden umgeben war. Einziger Ausgang war ein fünfzig Meter breiter Felseinschnitt. Durch ihn sollten die Tiere in die Ebene gejagt werden. Flanken- und Flügelreiter formierten sie zu Viererreihen. Das war der Befehl, den Little Joe den Leuten gegeben hatte. Aber noch war es nicht soweit. Die Cowboys drängten sich um den Küchenwagen, der am Ausgang der Schlucht stand.

Hop Sing war dabei, mit unheimlicher Schnelligkeit Maisfladen zu backen. Sie wurden mit Ahornsirup gegessen.

Hoss und Little Joe sahen dem Treiben zu.

„Na, er macht seine Sache doch prima", sagte Hoss kauend. Er hielt fünf Fladen und einen Trinkbecher mit Sirup in der Hand. „Schau nur, wie es den Leuten schmeckt!"

„Ja, sie sind wirklich gut", bestätigte der Bruder. „Bei Piggy waren sie immer etwas zu salzig." Er sah die zufriedenen Gesichter seiner Männer, die ihm freundlich zunickten. „Jedenfalls hat es Hop Sing geschafft, mitzukommen. Na, eigentlich bin ich jetzt ganz froh darüber. So ganz klar ist mir die Sache jedoch nicht. Ich wette, daß Cora ihre Hand dabei im Spiel hat."

„Da kommt Robinson!"

Al Robinson ritt einen Fuchs. Er war rasiert und hatte sich ein frisches Hemd angezogen. So machte er einen ganz ordentlichen Eindruck.

„Hallo, Boß!" Er ritt heran und legte grüßend die Hand an die Hutkrempe. „Bei der Remuda ist alles klar. Ich komme, um das Essen zu holen."

„Dann laßt es euch gut schmecken", lächelte Little Joe. „In einer Stunde geht es los."

Hoss beobachtete, wie Robinson von Hop Sing die Portionen in Empfang nahm und sich wieder auf seinen Fuchs schwang. Er sah noch einmal zu ihnen herüber und ritt davon.

„Na, hast du noch immer etwas gegen ihn?" fragte Hoss.

„Ich bin weder gegen ihn noch für ihn", erwiderte Little Joe. „Meine innere Stimme hält ihn für einen Schweinehund, und daran kann ich nichts ändern."

Der Dicke blies die Wangen auf. „Du hast immer etwas!"

„Ist dir nichts aufgefallen?"

„Was sollte mir auffallen? — Er hatte ein sauberes Hemd an und war rasiert."

„Er war ohne Waffen, als ihn Tschakanuks Leute brachten. Jetzt besitzt er eine Winchester und zwei silberbeschlagene Colts."

„Mein Gott, die wird er sich in Virginia City gekauft haben."

„Alte Waffen?" Little Joe schüttelte bedächtig den Kopf. „Im Magazin gibt es nur neue Revolver, und silberbeschlagene Colts kann man so leicht nicht kaufen. Niemand verkauft solche Prunkstücke."

„Und?"

„Er ist nicht allein", fuhr der Bruder fort. „Jemand muß ihm diese Waffen gegeben haben. Fast bin ich jetzt davon überzeugt, daß er den Job bei uns nur angenommen hat, um irgendein Ding zu drehen."

„Auf einem Trail?" lachte Hoss. „Dann wäre er doch besser in Virginia City geblieben."

„Ich bin dafür, daß wir Ben Hawkins zur Remuda abstellen. Er soll ihn beobachten."

„Gut, ich sage ihm Bescheid."

Der Vormann war von der Aufgabe nicht sehr erbaut. Hawkins wäre lieber bei den Leuten geblieben. Er fügte sich aber dann. „Gut, wenn der Trail am Laufen ist, gehe ich 'rüber."

Am frühen Nachmittag begann das Treiben. Hoss, Little Joe und Indianer-Bill waren vorausgeritten, um den besten Platz für die Nacht zu suchen. Ihnen folgte Hop Sing mit dem Küchenwagen. Der Rastplatz für die Nacht war sehr wichtig. Hier wurde die Herde auf engstem Raum im Kreis zusammengetrieben. Am besten eignete sich dafür eine Talmulde nahe einer Wasserstelle oder eine breite Schlucht. Kein Tier durfte „abwandern", sonst wäre ihm die Masse sofort gefolgt. So ritten im Schritt Stunde für Stunde Cowboys um die schlafende Herde. Auch wenn Unwetter heranzogen, war die Wahl des Rastplatzes von Wichtigkeit. Dann wurden die Tiere unruhig, und um eine „Stampede" zu vermeiden, ein Ausbrechen, mußte man die Herde schnell wieder in den Griff bekommen.

Little Joe und Hoss kannten sich aus. In jedem Jahr waren während des Trails Unwetter über sie hereingebrochen, Gewitter mit Wolkenbrüchen, die den Rastplatz im Handumdrehen in eine Schlammwüste verwandelten. Wölfe hatten die Herde von verschiedenen Seiten in kleinen Rudeln angegriffen und dadurch eine Stampede verursacht. Drei Cowboys waren damals von der ausbrechenden Herde zu Brei getrampelt worden.

An das alles dachten die Männer, als sie nach dem ersten Rastplatz Umschau hielten. Sie waren der Herde um 15 Meilen voraus. Das war die Tagesleistung, die für den Trail angesetzt war. Hier war der Rastplatz zu suchen.

Hoss sah sich um. Ein niedriger Gebirgsausläufer zog sich in die Ebene hinein. „Ich denke, wir nehmen die Felsen als Flankendeckung und lassen die Herde dort lagern", schlug er seinem Bruder vor.

Little Joe war einverstanden, zumal Indianer-Bill drei größere Wasserlöcher entdeckt hatte. Nein, ein besserer Platz war kaum zu finden.

Langsam verschwand die Sonne als roter Feuerball zwischen fernen Bergspitzen. Ein leichter Wind kam auf. Indianer-Bill hatte eine Feuerstelle errichtet und bereitete darauf einen Kaffee. Sie lagerten auf einem Felsvorsprung, von dem sie einen weiten Blick hatten. Dort hinten mußte die Herde sichtbar werden. Bis jetzt war aber die Staubwolke, die sie stets begleitete, noch nicht zu sehen. Wohl aber stiegen von fernen Felsentürmen Rauchzeichen in den dämmrigen Himmel.

„Da, Conchas uns melden", sagte Indianer-Bill. „Tschakanuk hält sein Wort. Sind Zeichen für Freunde."

Little Joe, der den Freundschaftsspeer Tschakanuks vor ihrem Lagerplatz in den Boden gesteckt hatte, ließ keinen Blick vom Horizont. Er wartete auf „seine" Herde.

Endlich wurde in einer kleinen Staubwolke Hop Sings Küchenwagen sichtbar. Etwa drei Meilen hinter ihm folgte die Herde. Bald war auch sie zu sehen. In einer riesigen Wolke von Staub stürmte sie heran.

„So, damit hätten wir den ersten Tag hinter uns", sagte Little Joe zufrieden.

Als es dunkelte, döste die Herde bereits vor der Felswand. Alles sei programmgemäß verlaufen, berichtete Ben Hawkins. Die Herde habe ein gutes Tempo vorgelegt. „Wenn das so weitergeht, haben wir das Reservat in drei Tagen hinter uns", meinte er.

Zwei große Feuerstöße erhellten bald darauf die Nacht. An ihnen lagerten die Cowboys, nachdem sie sich in den Wasserlöchern den Staub abgewaschen hatten. Für sie war der Trail ein ununterbrochener Ritt in einer großen Staubwolke. Todmüde wickelten sie sich in ihre Decken, um traumlos bis zur nächsten Staubwolke zu schlafen. Von einem freien und heite-

ren Leben am Lagerfeuer war keine Rede. Ein Trail war harte Arbeit und nicht mit dem Leben auf einer Ranch zu vergleichen.

Little Joe, sein Bruder und Indianer-Bill hatten ihr Lager in einer kleinen Felsmulde aufgeschlagen. Neben ihnen war Hop Sing mit dem Küchenwagen aufgefahren. Er säuberte das Geschirr und bereitete das Frühstück für den nächsten Morgen vor. Leise sang er dabei vor sich hin.

Hoss, der in dieser Nacht die Kontrolle ritt, trat zu ihm unter das Vorzelt. „Na, du bist ja sehr fröhlich! — Nicht müde?"

Hop Sing versicherte sofort, er sei froh, mitgekommen zu sein. „Nein, nicht müde, nul flöhlich." Er löschte die Petroleumlampe. „Sie Hop Sing vielleicht mitnehmen auf Kontlolle?" Ohne eine Antwort abzuwarten, legte er seinen Revolvergürtel an und strahlte. „Hop Sing sein auch gut Westmann, nicht nul Cookie sein, velstehen?"

„Klar, du möchtest auch mal auf einem Pferd sitzen und dich als Westmann fühlen", lachte Hoss. „Dann komm mit!"

„Nicht nul fühlen", erklärte der Chinese ernst. „Hop Sing sein gut Westmann. El in Schlucht bei Eagle Locks schießen geübt, that so! Niemand wissen, auch Mistel Little Joe nicht."

So erfuhr Hoss zu seiner Überraschung, daß sich Hop Sing im letzten halben Jahr heimlich im Reiten und Schießen geübt hatte, um den Trail unter allen Umständen mitmachen zu können. Die Art, wie er sich auf das Pferd schwang, ließ einen Reiter erkennen, der ein Gefühl für Pferde hatte. Ja, der Chinese saß tadellos im Sattel. Er machte eine gute Figur und wirkte in seiner Aufmachung sogar etwas abenteuerlich.

4*

Sie umritten die Herde und kontrollierten die Posten, die, den Zügel ihres gesattelten Pferdes in der Hand, an niedergebrannten kleinen Feuern schliefen. Sie mußten sofort zur Stelle sein, wenn eine Stampede losbrach. Dann galt es, die Rinder vom Lager weg in die Ebene zu treiben, wo sie nach einigen Meilen von selbst zum Stillstand kamen. Sie kontrollierten auch die Remuda, die in einem Seilkorral stand. Um sie herum waren auf in den Boden gesteckte Stöcke Lassos geschlungen. So brauchten die Vorderbeine der Pferde nicht angehobbelt zu werden.

Al Robinson schlief mit seinen Leuten vor einem niedergebrannten Feuer. Ben Hawkins, der dort inzwischen seinen Posten eingenommen hatte, bemerkte die Ankommenden. Er trat ihnen entgegen.

„Nun, was feststellen können?" fragte Hoss.

„Ich weiß nicht, aber der Kerl war kurz nach dem Abendessen für eine ganze Zeit verschwunden", erklärte Hawkins und sah zu den Schlafenden hinüber. „Ich möchte zu gerne wissen, wo er war. Natürlich werde ich ihn jetzt nicht mehr aus den Augen lassen."

Hoss sah ihn nachdenklich an. „Und was denkst du?"

„Vielleicht hat er sich mit einigen Gaunern in Virginia City zusammengetan, um bei einer ausgelösten Stampede Rinder zu stehlen." Hawkins kaute auf seinem Schnauzbart herum. „Es könnte sich auch um die Pferde handeln. Er hat nur bestes Pferdematerial für die Remuda ausgesucht. Wird ihm nicht besonders schmecken, daß ich jetzt bei seiner Gruppe bin, wenn das tatsächlich der Fall sein sollte."

„Du mußt die Augen offenhalten, Ben", sagte Hoss. „Ein Trail ohne Reservepferde ist wie eine Lampe ohne Petroleum. Dann sind wir aufgeschmissen."

„Okay, ich passe auf!"

Hoss und Hop Sing setzten ihren Kontrollritt fort. Sie hatten die Herde in einem weiten Bogen umritten und kletterten nun mit ihren Pferden am Rande des Gebirgsausläufers bergan. Haushohe Felsen säumten den schmalen Pfad. Plötzlich sahen sie ein freies Gelände mit dichtem Buschwerk und bizarren Felsbrocken vor sich. Es war eine mondhelle Nacht. Hoss ritt um eine Felswand herum und hielt plötzlich sein Pferd an. Nahe vor ihm ertönte das klagende Geheul eines Bergwolfes. Kamen Wölfe in die Nähe der Herde, so konnte das eine Stampede auslösen.

Der Chinese hielt ebenfalls sein Pferd an und lauschte auf das langgezogene Heulen. „Wolfshunde?" fragte er.

Von verschiedenen Seiten wurde das Geheul erwidert. Die Tiere heulten in den hellen Nächten den Mond an.

Hoss war jedoch nicht ganz sicher. „Vermutlich", sagte er. „Es könnten aber auch Conchas sein, die uns beobachten. Jedenfalls müssen wir sofort zurück. Wenn es Wölfe sind, haben sie die Herde längst gewittert. Sie werden bereits auf dem Weg zu Tal sein."

„Mistel Hoss", sagte Hop Sing mit einem kläglichen Unterton in der Stimme. „Ich habe ein gloßes Geheimnis fül Sie. Ich wissen, Sie mögen Miß Cola Olton gut leiden, ja?"

„Ja, natürlich!"

„Dann wil sie letten vol den Wolfshunden. Kommen, schnell!"

„Retten vor den Wölfen?" wiederholte Hoss. „Cora Orton? Die sitzt doch in Virginia City auf ihrer Ranch."

„Nein, nein, nein!" jammerte Hop Sing. „Ich Ihnen elklälen, abel jetzt elst kommen. Sonst vielleicht zu spät." Damit gab er seinem Pferd die Sporen, und Hoss folgte ihm.

Unweit des Lagerplatzes der Gruppe stießen sie auf Indianer-Bill.

„Wölfe im Anmarsch!" rief ihm Hoss zu. Er zügelte sein Pferd. „Alarm für die Wachen!"

Indianer-Bill blieb völlig ruhig. „Keine Wölfe", sagte er. „Sind Späher von Conchas. Sie machen Wolfsstimmen, um zu wissen, wo sind."

Hoss stieg von seinem Pferd und trat neben den Chinesen, der ebenfalls abgesessen war. „So, was ist nun mit Cora Orton?"

„Ohhhh, Mistel Hoss, Hop Sing sehl, sehl dumm", jammerte der Chinese. „Keine Wolfshunde, abel ich tlotzdem elklälen."

„Das will ich auch hoffen. — Was ist mit Cora Orton?"

„Cola Olton hiel", erklärte der Chinese. „Sie leisen mit in Küchenwagen."

„Das habe ich mir gedacht", nickte Hoss. „Jetzt ist alles klar. Sie hat dich aufgefordert, sie mitzunehmen. Aus diesem Grunde kam Gloria pünktlich an. Jetzt möchte ich nur noch wissen, wieso Piggy krank wurde. Doch nicht von Kubanischem Pfeffer — oder? — Sei ehrlich!"

„Miß Cola blachte kleines Fläschchen mit Lizinusöl fül Piggy in Bohnen", sagte Hop Sing mit einem tiefen Seufzer. „Und Lizinusöl sehl schlecht fül Bauch sein."

„Das glaube ich auch, daß Rizinusöl schlecht für den Bauch ist", stellte Hoss fest. „Und du hast das alles mitgemacht? Wenn das Little Joe erfährt!" Er sah sich um. „Und wo ist sie?"

Der Chinese führte ihn zu dem Küchenwagen. Im Küchenzelt, das etwas abseits stand, sah sich Hoss um, nachdem Hop Sing die Lampe angezündet hatte. Hoss erkannte, daß vor der eigentlichen Rückwand des Zeltes eine Plane gezogen war. Dahinter mußte sich Cora Ortons

Versteck befinden. Hop Sing hatte die Plane sehr geschickt angebracht.

„Dolt schlafen", flüsterte der Chinese. „Tags im Chuckwagen fahlen, zwischen Plodukte velsteckt, velstehen?" Er sah Hoss bittend an. „Sie nichts vellaten Mistel Joe?"

Ein breites Grinsen zog über das Gesicht des Dicken. Er hob abwehrend die Hand, während er an die Plane herantrat. „Coralein, wach auf! — Hier ist Hoss", säuselte er so gefühlvoll wie nur eben möglich. „Ich weiß alles und verrate dich nicht. Du kannst mit in meinen Schlafsack kriechen, wenn du willst."

„Den Teufel wird sie!"

Hoss fuhr herum und sah seinen Bruder im Zelt stehen. Hinter ihm war Cora zu sehen.

„Ich danke dir für deine Hilfe", wandte sich das Mädchen an den Chinesen. „Aber es hat jetzt alles keinen Sinn mehr. Ich hatte Angst vor den Wölfen und wollte dich suchen, dabei hat mich das Ekel erwischt."

Little Joe maß Hop Sing mit einem wütenden Blick. „Ich habe alles gehört. Wenn Piggy von dem Rizinusöl erfährt, wird er dich an deinem Zopf aufhängen. Und du", fuhr er Cora an, „du solltest dich schämen, mit einem so billigen Trick zu arbeiten." Sein Blick glitt zu Hoss hinüber. „Du kannst mit in meinen Schlafsack kriechen, wenn du willst", ahmte er die Stimme seines Bruders nach. „Ja, das hättest du wohl gerne, du Lüstling! — Du warst sofort bereit, den Schwindel mitzumachen, obwohl du weißt, daß Weiber nicht erwünscht sind."

Hoss zog ein Gesicht. „Aber was sollte ich tun? Sie ist nun mal da, und damit müssen wir uns abfinden."

„Das Wort Weiber will ich nicht gehört haben", sagte Cora und blitzte Little Joe an. „Du magerer Heringsbändiger!" Und schnippisch fügte sie hinzu: „Ich bin nun mal da, und zurückschicken kannst du mich nicht. Wir befinden uns im Indianergebiet."

„Das kann er auch nicht, Coralein", lächelte Hoss zaghaft. „Ich werde auf dich achtgeben."

„Du wirst gar nichts", erklärte Little Joe wütend. „Hop Sing ist für sie zuständig. Sie wird arbeiten, denn nutzlose Esser können wir auf einem Trail nicht gebrauchen."

Cora warf den Kopf in den Nacken. „Und was, wenn ich fragen darf?"

„Küchendienst, Wasserholen, Abwaschen und die Gewehre reinigen", fuhr Little Joe fort. „Damit du nie wieder auf den Gedanken kommst, mit einem Trail reisen zu wollen."

Zu seiner Überraschung erklärte Cora, sie habe sowieso etwas tun wollen. Vom Herumsitzen halte sie nichts. Sie sei sogar bereit, ihm die Socken zu stopfen und die Hemden zu waschen. Bis Bongers wolle sie sich gerne nützlich machen. Sie hatte plötzlich ihre Angriffslust verloren und sah wie ein kleines Mädchen aus, das Schelte bekommen hat. „Wollen wir uns nicht vertragen, Joe?"

Little Joe sah sie mißtrauisch an. „Der Umschwung kommt mir zu schnell. Du hast doch etwas vor ..."

„Aber nein, Joe! — Ich möchte dir nur keinen weiteren Ärger machen." Cora sah ihn mit einem liebevollen Blick an. „Du weißt, ich mag dich."

„Ja, ja, ich weiß!" Little Joe hob abwehrend die Hand. „Das steht aber hier nicht zur Debatte. Hier geht es nur um den Trail, und ich bin der Boß. Du hast dich nach meinen Anweisungen zu richten, dann ist alles klar." Damit ging er hinaus.

Cora hatte plötzlich Tränen in den Augen. „Er mag mich nicht", schluchzte sie.

„Dafür mag ich dich um so mehr", säuselte Hoss mit

zärtlicher Stimme. „Halte dich nur an mich. Dieser magere Heringsbändiger hat dir auch nichts zu befehlen."

„Ach, laß mich!"

„Aber, Coralein, ich will dir doch nur helfen. Little Joe ist kein Mann für dich", versuchte Hoss ihr zu erklären. „Aber ich! Ich fliege nicht wie eine Biene von Blüte zu Blüte. Ich würde dich auf Händen tragen."

Er wollte seinen Arm um sie legen, aber sie wehrte ihn ab. „Verschwinde jetzt! — Ihr Männer seid alle gleich!"

Am nächsten Morgen wunderte sich die Trailmannschaft, daß sie das Frühstück von Cora Orton ausgeteilt bekam. Die Männer machten Witze darüber. Cora wußte sich aber zu wehren, und bald war eine heitere Plänkelei im Gange.

Little Joe beobachtete es mit finsterer Miene. Als einer, der vermutlich zu frech geworden war, von Cora einen Teller mit heißer Hafergrütze über den Kopf gestülpt bekam, ritt er näher.

Es war Al Robinson, der sich schimpfend die Grütze aus den Haaren kratzte, während die Cowboys vor Lachen brüllten.

„Er hat süße Maus zu mir gesagt", verteidigte sich Cora. „Und noch etwas, was ich nicht wiederholen möchte."

„Verschwinden Sie, Robinson", sagte Little Joe finster. „Und lassen Sie in Zukunft das Mädchen in Ruhe." Er warf den anderen Leuten einen Blick zu. „Und ihr auch, verstanden? — Sie ist für euch überhaupt nicht da, klar?"

„Menschenskind, Joe", rief einer von den Orton-Leuten. „Die kennen wir doch schon seit der Zeit, als sie noch Zöpfe trug. Schließlich ist sie die Tochter unseres Chefs. Ist doch alles nur Spaß."

„Alles nul Spaß, Mistel Joe", echote Hop Sing hinter seinem Kessel. „Hop Sing schon aufpassen!"

Als die Sonne aufging, war der Trail bereits auf den Beinen.

Hoss und Little Joe standen auf einer Anhöhe und ließen die Herde, die sich im Tempo vorwärts bewegte, an sich vorüberziehen. Die Tiere liefen gut, und die Cowboys hatten sie sicher in der Hand. Es gab kein Ausbrechen und kein Zurückbleiben. Ja, sie konnten mit der Mannschaft zufrieden sein.

„Da kommt Indianer-Bill!" Hoss schirmte mit der Hand die Sonne ab. „Wo mag er nur gewesen sein? — Als es hell wurde, war sein Bettplatz leer."

Indianer-Bill preschte den Hang hinauf und zügelte sein Pferd.

„Indianer?" fragte Little Joe.

Das Halbblut schüttelte den Kopf und berichtete, er habe drei fremde Reiter bemerkt, die dem Trail in einem gewissen Abstand folgten. „Waren heute nacht nahe beim Lager. Ich sie sehen."

„Und was sind das für Männer?"

„Reiten gute Pferde und gut bewaffnet", erklärte Indianer-Bill. „Conchas glauben, sie gehören zu Trail. Kleiner Mann sie kennen."

„Kleiner Mann?" fragte Little Joe. „Wen meinst du damit?"

Es stellte sich heraus, daß Indianer-Bill mit dieser Bezeichnung Al Robinson meinte. Er beobachtete, wie sich Robinson im Morgengrauen mit den drei fremden Reitern in der Nähe des Lagerplatzes traf. Er berichtete, sie hätten sich eine Zeitlang unterhalten, dann sei Robinson wieder zum Lagerplatz der Remuda geritten.

Ben Hawkins bestätigte kurze Zeit später diese Beobachtung. „Er hat in der Nacht den Lagerplatz der Remuda verlassen", sagte er. „Ich wachte auf, aber da war sein Bettplatz schon leer. Folgen konnte ich ihm nicht, da ich nicht wußte, wo er war." Natürlich sei er wach geblieben, um seine Rückkehr zu erwarten. Robinson sei kurz vor Morgengrauen zurückgekehrt.

„Das deckt sich mit Bills Beobachtung", überlegte Little Joe. „Aber, zum Teufel, was führen sie im Schilde? Mitten im Reservat Rinder zu stehlen, dürfte ziemlich schwierig sein. Sie kommen doch gar nicht an die Herde heran."

„Sie warten auf eine Gelegenheit", meinte Hawkins. „Auf einen Sandsturm vielleicht oder auf etwas, was die Herde verrückt macht. Bei einer Stampede fällt sie auseinander. Dann wollen sie absahnen."

„Ich weiß nicht..." Little Joe schüttelte den Kopf. „Kann ich mir nicht denken. — Nein, sie haben etwas anderes im Sinn. Robinson darf keinen Augenblick unbewacht sein. — Ben, du bist dafür verantwortlich."

„Okay!" Hawkins zuckte die Achseln. „An mir soll es nicht liegen."

Der Abend des dritten Tages war gekommen. Der Trail hatte eine gute Strecke hinter sich gebracht. Er stand jetzt etwa sechzig Meilen im Indianergebiet. Noch vierzig Meilen, dann ging es über freie Regierungsweide weiter, dann hatten sie das Reservat hinter sich und konnten die Tiere langsam gehen lassen. Eine Abkürzung der Trailstrecke von zweihundert Meilen war dadurch erreicht worden. Bis zum Zielort, einer Bahnstation im Osten, waren es von diesem Punkt an nur noch dreihundert Meilen. Little Joe bereute nicht, mit Tschakanuk verhandelt zu haben. Bisher waren keine Indianer gesichtet worden. Offenbar hatten sie Anweisung, sich nicht um den Trail zu kümmern. Tschakanuk hielt also das Versprechen des freien Durchzuges.

An diesem Abend hatte Ben Hawkins darauf bestanden, die Herde in eine Schlucht zu führen. Hier stand sie sicher, und eine Stampede war nicht möglich, weil die Schlucht an beiden Seiten durch Seile und Buschwerk verschlossen werden konnte. Hawkins befürchtete ein Unwetter. Er hatte seinen Platz bei der Remuda verlassen, um das Einbringen der Tiere zu leiten. Schon den ganzen Tag über war er unruhig gewesen. Gewisse Wolkenbildungen in der Weite des Horizontes und vor allem über den fernen Bergen waren der Grund dazu. Er kannte sich aus, und Little Joe vertraute auf seine Erfahrung.

Als sich das Unwetter mit Blitzschlag und Donner ankündigte, war die Herde in sicherem Gewahrsam. Beide Ausgänge der Schlucht waren durch Seile und abgeschlagenes Buschwerk versperrt. Alle Männer hatten in einer nahen Felsenhöhle Aufnahme gefunden.

Das Unwetter dauerte etwa drei Stunden, dann trat Ruhe ein, aber ein Wolkenbruch rauschte unaufhörlich vom Himmel. In der Höhle, in der auch Hop Sings Küchenwagen Aufnahme gefunden hatte, war man bester Stimmung, zumal ein Beobachter mitteilte, daß sich die Herde ruhig verhielt und die Wassermassen in der Schlucht einen Ausgang gefunden hatten. Es war also nicht damit zu rechnen, daß Rinder ertranken, wie es schon so oft vorgekommen war.

Little Joe, der für den Trail zwei Fässer Whisky mitgenommen hatte, ließ an die Mannschaften kleine Portionen austeilen. Das besorgten Cora und Hop Sing. So waren alle in bester Stimmung. Ben Hawkins erhielt den Auftrag, auch der Remuda, die in einer anderen Felsenhöhle Aufnahme gefunden hatte, ihre Portion zu überbringen.

Ben Hawkins kam etwas später mit den beiden Cowboys der Remuda zurück. Little Joe sah sofort, daß die Männer keine Waffen trugen.

„Was ist los?"

„Rege dich nicht auf, Little Joe, aber ich fand die beiden Männer in Fesseln", berichtete Hawkins. „Al Robinson ist mit den Pferden auf und davon."

Little Joe schluckte nur. „Und das sagst du so einfach dahin? — Die Pferde sind fort? — Zum Teufel, was sollen wir ohne die Remuda anfangen?"

Die Männer erzählten, was geschehen war. Kurz nach dem Unwetter seien plötzlich drei Männer in der Höhle erschienen. Sie hätten ihnen Revolver vor die Brust gehalten und sie gefesselt. Al Robinson habe zweifelsohne zu diesen Männern gehört, denn er sei überhaupt nicht mehr in Erscheinung getreten. Einer von ihnen habe sich bald darauf aber befreien können und festgestellt, daß die dreißig Pferde der Remuda entführt worden seien. Bald darauf sei Ben Hawkins gekommen.

„Und jetzt?" fragte Little Joe. „Wie sollen wir einen Trail ohne Reservepferde führen?"

„Es ist das eingetreten, was ich erwartet habe", erklärte Ben Hawkins. „Robinson hatte es entweder auf einen Rinderraub oder auf die Pferde abgesehen. Jetzt wissen wir endlich, woran wir sind. — Wir werden uns morgen früh sofort auf seine Spur setzen."

„Und?" fragte Little Joe. „Die vierzig Meilen bis zur Reservatsgrenze kann er noch in dieser Nacht schaffen."

„Unmöglich, bei diesem Regen kaum", meinte der Vormann. „Es ist draußen keine Hand vor Augen zu sehen. Wie will er die Pferde treiben, wenn er selbst nichts sehen kann? Ich glaube kaum, daß er sich hier im Reservat auskennt."

„Ob wir die Indianer um Hilfe bitten?" fragte Hoss.

„Das ist keine schlechte Idee", überlegte Hawkins. „Wenn sie wissen, daß die Kerle nicht zu uns gehören, werden sie ihnen liebend gern das Fell über die Ohren ziehen."

Indianer-Bill nickte nur. „Werden Rauchzeichen geben", sagte er. „Sie niemals bis zur Reservatsgrenze kommen. Tschakanuks Krieger sie abfangen."

Noch in der Nacht hörte der Regen auf. Das Unwetter hatte die Wolken vertrieben, und am nächsten Morgen strahlte die Sonne von einem blauen Himmel.

Little Joe war ärgerlich, den Trail nicht auf den Weg schicken zu können, aber ohne Reservepferde war das nicht möglich. Alle vier Stunden mußten die Pferde gewechselt werden.

In aller Frühe machten sich Little Joe und Indianer-Bill auf Spurensuche. Wie sie feststellten, hatten die Banditen die Pferde in einen kleinen Felsenkessel getrieben und dort das Ende des Unwetters abgewartet. Die Spuren der Hufe waren in dem nassen Boden deutlich zu erkennen. Drei Pferde — und das konnten nur die Pferde der Banditen sein — trugen mexikanische Eisen mit breiten Stollen. Die Spuren führten in nördlicher Richtung; also wollten die Kerle auf schnellstem Wege die Reservatsgrenze erreichen.

„Jetzt wir sofort Tschakanuk melden", sagte Indianer-Bill.

„Und du glaubst wirklich, er wird uns helfen?"

„Er wird, denn diese Männer nennt er Indianertöter", fuhr das Halbblut fort. „Kleiner Mann gehören doch zu ihnen."

Die nächste Viertelstunde verbrachten Little Joe und Indianer-Bill damit, trockenes Holz und Moos zu sammeln. Da die Sonne bereits wieder mit aller Kraft vom Himmel brannte, war auch das verdorrte Gras wieder trocken. Sie sammelten alles in ihre Decken und erkletterten einen Felsvorsprung, dessen Nase nach Osten wies. Dort lag das Hauptlager der Conchas, und auf den Felsentürmen, die sich bis dorthin zogen, saßen indianische Beobachter.

Bald brannte ein kleines Feuer und wurde durch dürre Grasbüschel und Holz genährt. Eine Decke lag bereit. Sie wurde mit dem Inhalt einer Wasserflasche angefeuchtet, damit ihr die Flammen nichts anhaben konnten. Dann legte Indianer-Bill feuchtes Moos in die Flammen. Sofort bildete sich dunkler Rauch, der kerzengerade in die klare Luft stieg. Das war das Achtungszeichen. Jetzt wurde die feuchte Decke von den beiden Männern so nahe über das Feuer gehalten, daß der dunkle Rauch darunter eine dicke Wolke bildete. Auf ein Kommando Indianer-Bills wurde die Decke beiseite gezogen, so daß der Rauch in Form eines schwarzen Rauchballs in den Himmel stieg. Das wurde in einem bestimmten Rhythmus, zu dem das Halbblut das Kommando gab, wiederholt. Dann wurde das Feuer ausgetreten.

Minuten später stieg von einem entfernten Felsenturm ein Rauchzeichen auf.

„Nun, was wollen sie?" fragte Little Joe erwartungsvoll.

„Sie verstanden", erwiderte Indianer-Bill und beobachtete weiter das Aufsteigen der Rauchbälle. „Sie sofort Tschakanuk melden. Banditen nicht weit kommen."

„Hoffentlich nicht!"

Hoss und Ben Hawkins hatten den Treck inzwischen

doch auf den Weg gebracht. Hoss war der Ansicht, man könne die Rinder vier bis fünf Stunden führen und dann eine Pause einlegen, damit sich die Pferde der Treiber erholten.

„Du bist gar nicht so dumm, Brüderchen", lächelte Little Joe. „Natürlich, so kann man es auch machen. Überlasse die Führung Hawkins. Komm, wir reiten voraus, um einen geeigneten Lagerplatz zu erkunden."

Hinter dem Küchenwagen hervor kam Cora Orton zu Pferd. Sie ritt auf die Spitzengruppe zu.

„He, he, he! Wer hat dir gesagt, du darfst reiten?" fragte Little Joe. „Du sollst Hop Sing in der Küche helfen oder die Gewehre reinigen."

„Aber, Little Joe, so laß sie doch", wandte Hoss ein. „Sie hat bisher alles ganz prima gemacht, und die Maisfladen heute morgen waren von ihr. Hast du nicht den Unterschied geschmeckt?"

Der Bruder zog ein Gesicht. „Ja, sie schmeckten wie aufgewärmte Schuhsohlen."

Cora Orton blitzte ihn an. „Ekel!" Sie lenkte ihr Pferd neben Little Joe. „Meine Maisfladen haben sogar dem Gouverneur von Montana geschmeckt, als er bei uns zu Besuch war. Deshalb kann mich dein Urteil gar nicht treffen. Du bist eben nichts Gutes gewöhnt."

Little Joe lachte. „Nein, was Recht ist, muß Recht bleiben; sie waren ausgezeichnet."

„Wirklich?" Cora bekam sofort Augen, die Little Joe zur Vorsicht mahnten. „Ich kann sie morgen wieder für dich machen."

„Abgelehnt! — Außerdem besagt das alles gar nichts. Du hast dich in einen Männertreck eingeschmuggelt, obwohl du ganz genau wußtest, daß wir dich nicht gebrauchen können. Was mit dir geschieht, weiß ich noch nicht."

„Wieso, sie fährt bis Bongers mit", sagte Hoss. „Damit ist doch alles klar."

„Denkst du!" Little Joe schüttelte bedächtig den Kopf. „Durch das Unwetter sind wir gezwungen, nun eine andere Route einzuschlagen. Wir haben Wasser genug, und deshalb verlassen wir das Reservat bereits in der Höhe der Reed Rocks, bis nach Bongers sind es dann noch fünfzig Meilen."

„Und wenn ich dich bitte, die alte Route einzuhalten?" fragte Cora.

„Das kann ich gegenüber zweitausend Rindern nicht verantworten", lächelte Little Joe. „Ich bin für sie verantwortlich, nicht für dich. Wir werden aber schon einen Weg finden, dich loszuwerden."

„Du willst mich also loswerden?" blitzte Cora Orton. „Wie wäre es, wenn du mich gleich an einen Indianerhäuptling als Squaw verschachertest?"

„Wenn ich Schwierigkeiten hätte und dadurch meine Herde ans Ziel bringen könnte — sofort", erwiderte Little Joe. „Du bist doch überhaupt gar nicht da. Wer weiß schon, daß du mit unserem Trail reist?"

„Damit du es weißt: mein Vater", erklärte Cora. „Und wenn er gewußt hätte, welchem Kerl er mich anvertraute, so hätte er niemals seine Einwilligung gegeben."

„Die hast du ihm doch nur abgetrotzt — oder?" Little Joe hob die Hand. „Los, schwirre ab zum Küchenwagen, damit dich die Indianer nicht sehen! Wir können uns keine Komplikationen erlauben."

„Und ich bin eine Komplikation?"

„Sogar eine sehr große, wenn du die Einstellung der Indianer zu weißen Frauen kennst. Das ist kein Spaß, Cora!"

„Ja, Coralein, es ist wirklich besser, wenn du nicht in

Erscheinung trittst", wandte Hoss ein. „Little Joe hat recht. Du kannst nicht mit uns reiten."

„Coralein, Coralein", ahmte Little Joe die Stimme seines Bruders nach. „Menschenskind, ihr gehört der Hintern versohlt, sonst gar nichts. Da kann sie noch so schöne Augen machen. Sie bringt uns in Schwierigkeiten, das weiß ich schon jetzt. Ich werde alles daransetzen, um sie so schnell wie eben möglich loszuwerden."

Cora gab ihrem Pferd die Sporen und ritt davon.

„Hoffentlich läßt sie sich nicht so viel in der Umgebung sehen", fügte Little Joe hinzu. „Tschakanuks Leute haben ihre Augen überall."

Gegen Mittag hatten Hoss, Little Joe und Indianer-Bill einen guten Rastplatz für die Herde entdeckt. Er lag in einer Talmulde, und ein Wasserfall glitt über einen Bergvorhang in das Bett eines Wildwassers. Hier hatte die Herde genug Wasser.

Drei Stunden später traf der Küchenwagen mit Hop Sing und Cora ein. Sie machten sich sofort daran, das Essen für die Cowboys herzurichten. Damit war diesem Tag ein Ende gesetzt, denn ohne die Reservepferde konnte der Trail nicht eine Meile mehr ziehen. Die Pferde der Cowboys, die die Herde bis hierher begleiteten, waren erschöpft.

Am frühen Nachmittag war die Herde untergebracht und alles in bester Ordnung. Die Conchas waren bisher noch nicht in Erscheinung getreten, obwohl ihre Anwesenheit überall bemerkbar war. Offensichtlich hatten sie den Befehl, sich nicht zu zeigen. Tschakanuk hielt sich demnach an die Abmachungen. Wie würde er sich aber jetzt verhalten?

Little Joe hatte auf einem Felsen einen Beobachter postiert, der sofort melden sollte, wenn sich Indianer näherten. Er hatte Anweisung, in diesem Falle einen Schuß abzugeben. Ein Faß Rum war noch da. Auch wollte Little Joe den Indianern für ihre Hilfe zwanzig Äxte und anderes Werkzeug anbieten.

Das Schußsignal wurde gegeben, als die Dämmerung hereinbrach. Es waren etwa zwanzig Conchas-Krieger, die sich mit mehreren Indianerschlitten, auf denen sie ihre Zelte mit sich führten, dem Lagerplatz der Herde näherten. Ihnen voraus in wehendem Federschmuck Tschakanuk. Indianer-Bill erkannte ihn an seinem gescheckten Mustang.

„Keine Zeichen des Krieges", sagte Indianer-Bill, der mit Hoss und Little Joe das Eintreffen der Conchas von dem Felsen aus beobachtete. „Tschakanuk kommt, um zu helfen." Er erklärte, man müsse abwarten, bis die Indianer ihre Zelte aufgerichtet hätten. Tschakanuk werde sie zu der Verhandlung in sein Lager bitten.

Die Conchas errichteten ihr Lager vor einer Felswand, etwa hundert Meter vom Lagerplatz der Weißen entfernt. Bald waren die Zelte aufgerichtet, und ein gewaltiger Feuerstoß flammte in die Nacht. Es tat sich aber nichts, und Little Joe wurde langsam ungeduldig.

„Wir nur warten", sagte Indianer-Bill, der die Zeremonie des Verhandelns mit den Indianern kannte. „Bald kommen!"

„Es wird auch langsam Zeit", meinte Little Joe. „Sonst sind die Kerle längst über alle Berge. Wir müssen die Pferde haben. Dafür gebe ich ihnen gerne das Faß Rum."

„Sie längst Banditen fangen", lächelte Indianer-Bill. „Vielleicht gewartet auf Pferde. Stehen bestimmt hinter Felswand, oder andere Krieger sie noch bringen. — Wir warten!"

„Okay! — Du mußt es wissen", nickte Little Joe.

Der Beobachter kam bald vom Felsen herabgestiegen und meldete, er habe eine weitere Indianergruppe gesichtet, die sich dem Lager der Conchas nähere.

Sofort erkletterten Little Joe und sein Bruder den Felsen. In der mondhellen Ebene sahen sie die eintreffenden Conchas. Sie trieben eine kleine Herde Pferde und führten einen Indianerschlitten mit.

„Das sind unsere Pferde", frohlockte Little Joe. „Mensch, Hoss, das hätte ich von Tschakanuk nicht erwartet!"

„Warte erst einmal ab, was er dafür aus uns herausquetschen will", dämpfte Hoss die Freude des Bruders. „Ich möchte wetten, er fordert einen hohen Preis. Haben wir genügend Munition?"

„Er bekommt keine Munition, das sagte ich bereits", erklärte Little Joe bestimmt. „Ich verspreche ihm alles, aber er bekommt keine Munition."

„Na, ich bin gespannt!"

Eine Stunde später traf ein Unterhäuptling der Conchas ein. Ihm schlossen sich Little Joe, Hoss, Indianer-Bill und Ben Hawkins an. Sie wurden ins Lager geführt und nahmen nebeneinander vor dem Feuer Platz.

Tschakanuk saß mit mehreren Unterhäuptlingen auf der anderen Seite des Feuers. Er lächelte, als er die Weißen sah, und bot ihnen sofort das Rauchen der Friedenspfeife an. Die Zeremonie dauerte nicht lange.

„Du hast von unserem Unglück gehört", begann Little Joe. „Wir haben dich um Hilfe gebeten, weil wir sonst die Herde nicht weiterführen können. Wir brauchen die Pferde."

„Der schwarze Rauch erzählte es mir", erwiderte der Häuptling. „Ich schickte meine Krieger aus. Drei der stinkenden Kojoten sind tot, der vierte wird in eurem Beisein den Tod am Marterpfahl erleiden." Er tat eine Handbewegung.

Aus dem Dunkel fuhr ein Indianerschlitten in den Schein des Feuers. Auf ihm lagen drei Männer, deren Körper blutüberströmt waren. Sie waren von mehreren Conchaspfeilen durchbohrt.

„Meine Krieger mußten sich wehren, denn sie hatten meine Männer in einen Hinterhalt gelockt. Jetzt trocknen ihre Skalps an meiner Zeltstange", fuhr Tschakanuk fort. „Ich hätte sie auch nach Fort Greenwell bringen lassen, aber sie sind Indianertöter und haben den Tod verdient."

Mit Widerwillen sah Hoss die skalpierten Toten an. „Robinson ist nicht dabei", flüsterte er. „Sie werden ihn wieder lebend in die Hände bekommen haben."

Nein, Al Robinson war nicht dabei. Auch diesmal hatte ihn das Schicksal vor dem Tod bewahrt, um ihn aber einem noch viel schlimmeren Tod auszusetzen. Tschakanuk hatte ihn für den Tod am Marterpfahl vorgesehen.

Kurze Zeit darauf wurde Robinson von zwei Conchas in den Feuerschein geführt. Er hatte die Hände auf den Rücken gebunden und blutete aus einer Schulterwunde. Mit leichenblassem Gesicht starrte er in die Runde. Als er Hoss und Little Joe sah, atmete er auf.

„Er wird am Marterpfahl sterben", verkündete Tschakanuk finster. „Schon einmal wollte er meine Krieger töten."

Der Tod am Marterpfahl war eine ungeheure Qual. Hoss war sogleich bereit, sich für Robinson einzusetzen. „Das können wir nicht zulassen", flüsterte er seinem Bruder zu. „Als Pferdedieb werden wir ihn dem Sheriff übergeben. Vierzig Meilen von hier liegt Golden Springs, dort können wir ihn abliefern."

Little Joe hob die Schultern. „Tschakanuk wird ihn uns diesmal nicht übergeben."

Inzwischen war der Gefangene mit einem Lederlasso umwickelt worden. Wie ein Paket nahmen ihn die beiden Indianer auf und warfen ihn in eines der Zelte.

Little Joe war es auch darum zu tun, den Gefangenen vor seinem furchtbaren Schicksal zu bewahren, aber er sah keine Chance. Er war nicht sicher, daß Tschakanuk, auch wenn man ihm noch so viel versprechen würde, der Freigabe Robinsons zustimmte. Er wollte auch jetzt noch nicht darauf zu sprechen kommen. Hier ging es zuerst mal um die Pferde. Sie waren für die Fortführung des Trails notwendig. Er mußte die Pferde zurückbekommen, koste es, was es wolle. Er wollte soeben über diesen Punkt verhandeln, da tönte irgendwoher das schrille Kreischen einer weiblichen Stimme. Kurz darauf fielen drei Schüsse.

In Sekundenschnelle waren die Indianer auf den Beinen.

Little Joe wußte sofort, es konnte sich nur um Cora handeln. Was war passiert? — Wer hatte geschossen? Alle Cowboys hatten Anweisung, sich unter keinen Umständen mit den Indianern einzulassen. Er gab seinem Bruder die Anweisung, nachzusehen, was diese Schüsse im Lager bedeuteten.

Das war aber schon nicht mehr notwendig, denn Cora und Hop Sing wurden von drei Conchas in die Helle des Feuers geschoben.

„Zum Teufel, was war los, Hop Sing?" fragte Little Joe aufgebracht.

„Laßt mich los!" tobte Cora, die von zwei Conchas an den Armen festgehalten wurde. Sie bekam eine Hand frei und schlug wütend auf die Indianer ein. „Ihr sollt mich loslassen!"

Tschakanuk lachte schallend. „Teufelspuma! Kleiner Teufelspuma!"

Indianer-Bill sagte etwas auf conchas zu dem Häupt-

ling, der daraufhin seinen Kriegern befahl, die beiden freizulassen.

Cora flüchtete sich sofort an die Seite Little Joes. Der Chinese stellte sich neben Hoss.

„Zum Teufel, was war los, Hop Sing?" fauchte Little Joe den Chinesen an.

„Nichts, Mistel Little Joe", antwortete Hop Sing. „Nul Hühnelmenschen sehen plötzlich in Küchenzelt. Miß Cola sofolt schleien wie Lokomotive auf Station. Hop Sing sofolt Alalm schießen in Luft."

„Du hast also nicht auf die Indianer geschossen?"

„Nein, bestimmt nicht, Mistel Joe", beteuerte der Chinese. „Sie doch gesagt, nicht auf Hühnelmenschen schießen."

Tschakanuk starrte Cora an. Ihre weiße Bluse war zerrissen, und sie erwiderte zornig den Blick des Häuptlings.

„Junges Puma", lachte Tschakanuk. „Will mich töten mit Augen."

Little Joe sah die begehrenden Blicke von Tschakanuk. Er wollte ihn ablenken und vor allem schnell zu einem Schluß gelangen. Er kam auf die Pferde zu sprechen, von denen er wußte, daß die Indianer sie eingefangen hatten. Das sagte er auch.

Der Häuptling bestätigte es, aber er sagte etwas auf conchas zu Indianer-Bill, der darauf energisch den Kopf schüttelte.

„Was will er?" fragte Little Joe. „Er bekommt ein Faß Rum für die Pferde."

„Tschakanuk will nicht Rum", erwiderte das Halbblut. „Er will Miß Orton. Er sonst Pferde nicht geben. Er will sie nehmen als Squaw."

Little Joe blieb fast der Verstand stehen. Jetzt war das eingetreten, was er immer befürchtet hatte, durch Cora bekam er Schwierigkeiten. Tschakanuk war bestimmt nicht so schnell von seinem Wunsch abzubringen. Was sollte man tun? Aus Spaß hatte man darüber gescherzt, und nun war das alles plötzlich Wirklichkeit. Er sollte eine weiße Frau für dreißig Pferde eintauschen.

Hoss sah ihn entsetzt an. „Du willst doch wohl nicht darauf eingehen?" Er lächelte etwas säuerlich. „Bei dir ist man nicht ganz sicher. Der Trail geht dir über alles."

Cora war noch entsetzter. Auch sie erinnerte sich an ihre scherzhafte Bemerkung und an das, was Joe darauf geantwortet hatte. Sie versuchte ihre Blöße mit den Händen zu bedecken und sah ihn mit ängstlichen Augen an.

„Joe, das darf doch nicht wahr sein — der Kerl will mich . . ." Sie fand keine Worte mehr.

„Ach, das kann er doch nicht ernst meinen", flüsterte Hoss und versuchte Cora zu beruhigen. Er warf Indianer-Bill einen Blick zu. „Was denkst du?"

„Nein, nein, er es ernst meinen", antwortete das Halbblut. „Er nur Pferde geben gegen Miß Orton."

Little Joe kam plötzlich der ganze Ernst der Situation zum Bewußtsein. Der Häuptling konnte ihm die Pferde verweigern. Nach dem Gesetz waren alle Pferde, die er in seinem Reservat einfing, Eigentum der Indianer. Dabei war es gleich, ob es sich um Wildpferde oder ausgebrochene Tiere handelte. Er mußte einen Ausweg finden, Tschakanuk von seiner unmöglichen Idee abzubringen. Offenbar reizte den Häuptling das blonde Haar des Mädchens und sein ungezügeltes Temperament.

Tschakanuk ließ keinen Blick von Cora. Er betrachtete sie, als wäre sie schon sein Eigentum.

„Joe, du mußt etwas tun", flüsterte Cora ängstlich. „Ich fürchte mich!"

„Keine Sorge", flüsterte Little Joe. „Du hättest es zwar verdient, aber gegen dreißig Pferde tausche ich dich nun doch nicht ein."

Tschakanuk sagte etwas zu Indianer-Bill.

„Was will er?" fragte Hoss.

Das Halbblut wandte sich an Little Joe. „Er fragen, ob einverstanden."

„Biete ihm ein Faß Rum und jedes Handwerkszeug, das er haben will", sagte Little Joe. „Äxte, Messer und Sägen, aber keine Munition. Den Rum bekommt er sofort. Das Handwerkszeug wird ihnen nach dem Viehtrieb am Takoe übergeben. Er hat darauf mein Wort."

Nachdem Indianer-Bill das Angebot übersetzt hatte, sah

Tschakanuk die Männer ernst an. „Wenn ich will, kann ich das Mädchen, die Pferde und die zweitausend Rinder haben", antwortete er, jedes Wort betonend. „Und nicht einmal der Wind weiß, wo ihr geblieben seid."

„Dann wirst du Krieg mit den Langmessern bekommen. Die Soldaten werden nach uns forschen. Sie haben Scouts, die unsere Spur noch finden, wenn schon drei Monde vergangen sind." Little Joe schüttelte den Kopf. „So dumm wird der tapfere Häuptling der Conchas nicht sein. Außerdem habe ich nie gehört, daß Tschakanuk jemals sein Wort gebrochen hätte."

Diese Worte, die von Little Joe mit Bedacht gewählt worden waren, verfehlten ihre Wirkung nicht. Tschakanuk hob sofort abwehrend die Hand und erklärte, er wolle weder die Pferde noch die Rinder. „Aber warum willst du mir die Squaw nicht geben?" fügte er finster hinzu.

„Weil sie die Squaw meines Bruders ist", antwortete Little Joe und deutete auf Hoss, der eifrig nickte. „Sie gehört ihm."

Hoss nahm die Hand von Cora und drückte sie an sich.

Das Mädchen legte seinen Kopf an seine Brust, und diese Geste veranlaßte Tschakanuk, nicht mehr von dem Tausch zu sprechen. Er sah aber mürrisch und unzufrieden drein. Für die Pferde verlangte er Messer, Äxte und zehn Rinder, außerdem das Faß Rum, das ihm auch sofort übergeben wurde.

Jetzt ging es noch um Robinson. Es war Menschenpflicht, ihn vor dem Schicksal des Martertodes zu bewahren. Darüber waren sich alle Weißen einig. Little Joe wollte ihn dem Sheriff in Golden Springs übergeben. Zwar hing man Pferdediebe auf, aber das war immer noch besser, als von den Indianern massakriert zu werden. Mitleid mit Robinson hatte keiner von ihnen. Alle fühlten sich von ihm hintergangen. Eine Remuda bei einem Trail zu stehlen, galt bei den Cowboys als eines der größten Verbrechen.

Nach stundenlangem Hin und Her erklärte sich Tschakanuk schließlich bereit, den Gefangenen herauszugeben. Little Joe erklärte ihm, er habe über einen Weißen nicht zu richten, sonst würden die Soldaten gegen ihn vorgehen. Er könne ihn nur nach Fort Greenwell bringen oder ihn einem Sheriff übergeben.

„Ich übergebe ihn in Golden Springs dem Sheriff", sagte Little Joe. „Sie werden über ihn zu Gericht sitzen und ihn vermutlich aufhängen."

„Zu Gericht sitzen", wiederholte Tschakanuk verächtlich und spuckte aus. „Sie werden einen Grund finden, ihn freizulassen. Er ist ein Indianertöter und gehört an den nächsten Baum gehängt."

Minuten später wurde Al Robinson an den Händen gefesselt in den Schein des Feuers gestoßen. Er war überrascht, auch diesmal wieder von den Indianern an die Weißen ausgeliefert zu werden.

„Als Trailführer, dem automatisch das Amt eines Hilfssheriffs obliegt, erkläre ich Sie für verhaftet, Al Robinson", sagte Little Joe. „Sie werden von mir morgen nach Golden Springs gebracht und dort dem Sheriff übergeben. Ich werde Anklage wegen Pferdediebstahls stellen."

Zwischenfall in Golden Springs

Golden Springs war eine ehemalige Goldgräberstadt. Vor etwa zehn Jahren aus dem Boden gewachsen, bestand sie aus einer breiten, gestampften Lehmstraße, die von Holzhäusern begrenzt wurde. Es gab die Sheriffstation, eine Poststelle, vor der die Postkutsche hielt und die Pferde gewechselt wurden, eine Telegrafenstation, den Doktor und aus der Run-Zeit viele Saloons. Inzwischen hatte man anstelle von Gold Silber gefunden, und die meisten der Ansässigen arbeiteten als Minenarbeiter in dem Silberbergwerk, das einige Meilen von der Stadt entfernt lag. Mehrere Kleinrancher teilten sich die Regierungsweiden, die die Stadt umgaben. Ja, in Golden Springs schien alles in Ordnung zu sein. Etwas eigenartig mutete allerdings der Galgen auf dem Marktplatz am Ende der Stadt an. Während andere Städte den Galgen immer erst errichteten, wenn der Grund vorlag, ihn auch benutzen zu müssen, gehörte er in Golden Springs sozusagen zum Stadtbild. Offenbar waren der Sheriff und die Bürgerversammlung, aus der die Gerichtskommission gebildet wurde, sehr streng in der Beurteilung von Straftaten; außerdem mußte vor allem der Richter ein sehr strenger Mann sein.

Während der Trail, von Hoss und Ben Hawkins geführt, weiter nach Osten zog, waren Little Joe und Indianer-Bill mit dem Gefangenen nach Golden Springs aufgebrochen. Auch Cora Orton war mitgekommen. Das hatte aber einen besonderen Grund. Wie sich herausstellte und wie sie selbst angab, hatte sie gar keine Tante in Bongers. Sie war nur mitgekommen, um Little Joe nahe zu sein. Natürlich war auch etwas Abenteuerlust dabei. Little Joe hatte sie nun mit nach Golden Springs genommen in der Absicht, sie dort in die Postkutsche nach Virginia City zu setzen. Davon hatte Cora natürlich keine Ahnung. Sie glaubte, man habe sie mitgenommen, um ihr die ehemalige Goldgräberstadt zu zeigen.

Nein, Little Joe wollte jeder weiteren Komplikation aus dem Wege gehen. Die Sache mit Tschakanuk war noch gut ausgegangen. Der Weg durch das Reservat war noch weit. Bei den Indianern würde Cora immer wieder Aufsehen erregen. Was geschah, wenn einer der Unterhäuptlinge dieselbe Forderung stellte? Es war schon besser, sie in die Postkutsche nach Virginia City zu setzen. Das waren von Golden Springs aus nur sechzig Meilen über eine gerade Straße, dann war sie wieder zu Hause. Das konnte man gleichzeitig mit der Ablieferung Robinsons beim Sheriff von Golden Springs verbinden. Ja, er war froh, zu diesem Entschluß gekommen zu sein. Außerdem hätte Cora den Trail bis zum Schluß niemals durchgestanden. Hoss war damit nicht einverstanden. Er sprach von „Hinterhältigkeit" und „dem Mädchen etwas vormachen". Schließlich mußte er sich aber Little Joes Anweisungen fügen, denn er war der Trailboß.

Little Joe lieferte zuerst Robinson in der Sheriffstation ab, während Indianer-Bill und Cora Orton draußen warteten.

Der Sheriff war ein ziemlich junger Mann, der in Hemdsärmeln hinter seinem Schreibtisch saß. Er hatte kalte Fischaugen, die Joe aufmerksam musterten.

„Was haben Sie gegen den Mann vorzubringen?" fragte der Sheriff.

Little Joe erzählte, was geschehen war. „Er wollte unsere Remuda entführen, und aus diesem Grunde stelle ich Strafantrag", beendete er seine Ausführungen.

„Ist das wahr, Bill?" fragte der Sheriff und grinste. Er schien den Gefangenen plötzlich zu kennen.

„Wieso — Bill? — Der Mann heißt Al Robinson", wandte Little Joe ein.

„Quatsch! — Das ist Bill Harrings. Seinem Vater gehört die Silbermine. Er hat gar nicht nötig, Pferde zu stehlen." Der Blick des Sheriffs wurde durchdringend. „Hören Sie, Sir, wenn Sie keinen Ärger haben wollen, ziehen Sie den Strafantrag zurück. — Bill ist ein Indianerkiller. Er macht manchen Blödsinn, aber daß er eine Remuda stehlen wollte, kauft Ihnen hier niemand ab, klar? — Wenn Sie natürlich darauf bestehen, muß ich ihn einsperren, aber ich sage Ihnen schon jetzt, morgen ist er wieder frei."

Der Mann, der sich Al Robinson nannte, grinste. „Ich hätte mich totlachen können, als ich hörte, daß ich hierher gebracht werden sollte. Wir saßen diesmal dick in der Tinte. Emmerson, Powell und Gallert haben die Roten umgebracht."

„Nun, was ist?" fragte der Sheriff. „Wollen Sie die Anklage aufrechterhalten?"

„Selbstverständlich", erwiderte Little Joe. „Ich kann meine Anklage begründen und habe Zeugen. Ich erhebe Anklage gegen Al Robinson . . ."

„Den gibt es nicht", unterbrach ihn der Sheriff. „Wenn schon, gegen Bill Harrings. Aber du wirst die Flöhe kichern hören, mein Junge."

Little Joe wollte nicht aufgeben. Hier in der Stadt schienen ja schöne Zustände zu herrschen. Offenbar brauchte man den Galgen, den er beim Eintreffen auf dem Marktplatz gesehen hatte, nur, um unliebsame Gegner aufknüpfen zu können, und er hatte das Gefühl, er war gerade dabei, sich unbeliebt zu machen. Trotzdem beharrte er auf seinem Standpunkt. „Ich bestehe auf Inhaftierung, bis dem Richter meine Anklage vorgebracht wird."

„Junge, bist du stur!" Der Sheriff schüttelte den Kopf und wandte sich an den Gefangenen. „Los, setz dich in die Zelle und schlafe dich aus, Bill! — Du weißt, ich kann in diesem Falle nichts machen. Dein Onkel wird dich schon 'rausholen." Und zu Little Joe sagte er: „Er ist nämlich der Richter, du Schlaukopf."

Little Joe verließ die Sheriffstation mit einem unguten Gefühl. Nach dem, was dieser junge, kaltschnäuzige Sheriff vorgebracht hatte, wurde die Stadt von unsauberen Elementen regiert. In diesem Falle war es kaum möglich, eine Anklage durchzubringen, zumal es sich bei diesem Bill Harrings um den Sohn eines einflußreichen Mannes handelte. Der Kerl schien in der Stadt als Indianerkiller bekannt zu sein und Narrenfreiheit zu genießen. Klug wäre es gewesen, still wieder abzuziehen und sich um nichts mehr zu kümmern, aber gerade das wollte Little Joe nicht. Sein Gerechtigkeitssinn ließ dieses nicht zu.

Im Central-Saloon, dem besten Hotel in der Stadt, mietete Little Joe drei Einzelzimmer für eine Nacht. Morgen wollte er Cora in die Postkutsche setzen und mit Indianer-Bill dem Trail folgen.

Am nächsten Morgen machte Little Joe mit Cora einen Spaziergang durch die kleine Stadt. Er endete vor dem Haus der State Lines, der Postkutschenstation, vor der gerade die Pferde gewechselt wurden. Indianer-Bill hatte von ihm den Auftrag bekommen, einen Platz reservieren zu lassen und schon zu bezahlen. Alles war bereits erledigt, als die beiden dort eintrafen.

„Schau nur, Joe", sagte Cora. „Sie fährt nach Virginia City. Würden wir einsteigen, wären wir in einigen Stunden dort."

„Ja", grinste Little Joe. „Aus diesem Grunde habe ich dich nach Golden Springs mitgenommen. Du fährst mit dieser Postkutsche wieder nach Hause und kommst nie mehr auf den Gedanken, heimlich mit einem Trail zu reisen, verstanden?"

Sie sah ihn mit großen Augen an. „Das — das kannst du doch nicht wirklich wollen, Joe", stammelte sie. „Ich habe das doch alles nur deinetwegen getan ... Ich wollte in deiner Nähe sein — und jetzt willst du mich fortschicken?"

„Einsteigen!" sagte Little Joe und nahm Indianer-Bill Coras Bündel aus der Hand. Er warf es auf den Sitz. „So, deine Sachen sind schon darin." Sanft drängte er das Mädchen zum Wagen und sagte: „Sei ein braves Kind!"

Cora stieg ein, aber ihre Augen blitzten. „Ekel!" rief sie wütend, als das Vierergespann anzog und der Wagen davonrollte.

Lachend sahen ihm die beiden Männer nach.

An der Bar des Central-Saloons nahmen die Männer etwas später einen Drink. Die Kerle, die hier an der langen Bartheke standen, machten keinen besonders guten Eindruck. Sie trugen schwere Colts in ihren Revolverhalftern und benahmen sich, als gehöre das Lokal ihnen.

„Das sind Harrings' Leute", flüsterte der Barkeeper. „Sehen Sie sich vor, Mister. Sie suchen stets Streit."

Diese Warnung kam nicht zu spät. Kaum hatten Little Joe und Indianer-Bill ihren Whisky vor sich stehen, griff eine Hand an ihnen vorbei und nahm ein Glas fort.

„Indianer und Halfcasts bekommen hier keinen Whisky", sagte jemand mit krächzender Stimme.

Little Joe wirbelte herum. Er sah einen vierschrötigen Kerl vor sich stehen, der eine kurze Bullpeitsche am Handgelenk trug.

„Was ist, Milchgesicht, du willst dich doch nicht mit mir anlegen?“ fuhr der bullige Kerl fort, während die Männer an der Theke grinsten.

Ohne ein Wort zu sagen, schlug ihm Little Joe das Glas aus der Hand, so daß dem Kerl der Whisky ins Gesicht spritzte.

Langsam fuhr sich der Bursche mit der Hand über die Wange, dann holte er aus. Zum Schlag kam er aber nicht mehr, denn Joe hatte blitzschnell seinen Arm ergriffen, ihn herumgedreht und den Kerl durch eine Drehung des Körpers über seinen Rücken nach vorn gezogen. Kopfüber fiel er krachend aufs Kreuz.

Unter den Leuten an der Theke entstand Bewegung,

aber da hatte Indianer-Bill bereits seine Colts aus den Halftern.

„He, was geht hier vor?"

In der Tür des Saloons stand der junge Sheriff. Er kam langsam näher und stand grinsend vor dem am Boden Liegenden. „Na, hast du den Mund wieder zu voll genommen, Jack?" Dann wandte er sich an Little Joe: „Machen Sie keinen Wirbel, Mister!" Und zu Indianer-Bill meinte er: „Stecken Sie die Colts ein!"

„Wir wurden angepöbelt", sagte Little Joe und berichtete, was geschehen war.

„Nehmen Sie es nicht so genau, Mister", antwortete der Sheriff. „Jack wird sich bei Ihnen entschuldigen. — Nicht wahr, Jack?"

Der Bullige, der sich inzwischen vom Boden erhoben hatte, brummte etwas Unverständliches vor sich hin und fügte knurrend hinzu: „Entschuldigen Sie, Mister!"

„Sehen Sie, alles hat hier bei uns seine Ordnung", fuhr der Sheriff fort. „Hier in Golden Springs geschieht nichts Ungesetzliches. — Übrigens ist die Verhandlung gegen Bill Harrings auf zehn Uhr im Stadthaus angesetzt. Der Kerl protestiert gegen seine Verhaftung. Ich sagte Ihnen gleich, lassen Sie die Finger davon. Gegen Harrings können Sie nichts ausrichten."

„Das werden wir sehen!"

Trotzdem hatte Little Joe ein ungutes Gefühl. Er wußte nicht genau, warum, aber auf jeden Fall war hier Vorsicht geboten. Der Sheriff war ein Heuchler. Hier in der Stadt war gar nichts in Ordnung. Offenbar bestimmte der alte Harrings, was in der Stadt geschah, und er machte auch die Gesetze. Für Golden Springs, eine weit ins Niemandsland vorgeschobene Stadt, galten nur die Gesetze des amtierenden Richters.

Um zehn Uhr war im Stadthaus alles für die Verhandlung vorbereitet. Der Sheriff führte dort die Aufsicht und ließ die Leute in den Saal. Little Joe mußte in der ersten Reihe vor dem Richtertisch Platz nehmen. Der Platz neben ihm wurde Indianer-Bill angewiesen, der von Joe als Zeuge benannt worden war. Bill Harrings saß am anderen Ende der Bank. Er grinste still vor sich hin.

Der Richter war ein kleiner, weißhaariger Mann mit einem bösen Mund und stechenden Augen. Als Beisitzer fungierten der Sheriff und ein Mann, der dem Richter aufs Haar glich. Wie Little Joe erfuhr, war es Tex Harrings, der Bruder des Richters und der Vater des Angeklagten.

„Joe Cartwright aus Virginia City erhebt gegen Bill Harrings Anklage wegen Pferdediebstahls", begann der Richter die Verhandlung. „Ich bitte den Kläger, den Sachverhalt zu schildern und seinen Zeugen zu benennen."

„Euer Ehren! — Es handelt sich hier nicht um einen einfachen Pferdediebstahl, sondern um den Diebstahl einer ganzen Remuda", begann Little Joe und schilderte, wie sich alles zugetragen hatte. Er berichtete auch von der Gefangennahme des Angeklagten durch die Indianer und seine Freilassung.

Das alles machte auf den Richter nicht den geringsten Eindruck. „Wer ist der Zeuge?" fragte er.

„William Shatter, genannt Indianer-Bill", antwortete Little Joe. „Er bezeugt den Diebstahl der Remuda und den Vorfall im Lager der Conchas-Indianer."

„Der Zeuge ist Indianer?"

„Nein, Halbblut, Euer Ehren!"

„Der Zeuge ist unglaubwürdig, und damit ist die Klage abgewiesen", verkündete der Richter mit dreimaligem Hammerschlag. „Der Angeklagte ist frei."

Der Sheriff grinste, aber jetzt nahm Tex Harrings, der

Vater des Angeklagten, das Wort. „Wenn wir den Vorfällen im Lager der Conchas Glauben schenken wollen ...“ sagte er. „Sie erklärten doch, sie hätten meinen Sohn aus den Händen der Conchas gerettet, nicht wahr?“

„So ist es“, nickte Little Joe. „Sogar zweimal, und er dankte es uns durch Unehrlichkeit. Alles, was ich vor Gericht aussagte, ist die reine Wahrheit.“

„Und wie kommt es, daß Sie so guten Kontakt zu den Indianern haben?“ fragte der Richter. „Wir haben mit ihnen nur schlechte Erfahrungen gemacht. An der Reservatsgrenze werden noch immer einsame Farmen überfallen.“

„Wir versuchen, sie nicht als Wilde, sondern als Menschen zu behandeln, Euer Ehren“, erwiderte Little Joe. „Wenn Ihre Leute, wie zum Beispiel Bill Harrings, regelrecht Jagd auf sie machen, können Sie nicht erwarten, daß sie Ihnen freundlich gegenübertreten.“

Jetzt erhob sich Bill Harrings. „Ich will Ihnen sagen, Euer Ehren, warum der Kontakt der Cartwrights zu den Indianern so gut ist: Sie liefern ihnen Alkohol.“

Im Saal entstand ein durchdringendes Gemurmel.

Damit hatte Little Joe nicht gerechnet. Er war starr vor Überraschung. Harrings mußte die Übergabe der Fässer damals beobachtet haben. Natürlich wußte er auch von dem Faß Rum. Die Abgabe und der Tauschhandel mit Alkohol standen unter Strafe. Wenn der Richter die Erklärung Harrings als Anklage betrachtete, konnte er mit einer Geldstrafe rechnen. Mildernd würde sich in jedem Falle der Grund des Tauschhandels auswirken.

„Würden Sie die Anschuldigung noch einmal wiederholen“, verlangte der Richter.

„Ich wiederhole: Sie haben den Indianern Alkohol geliefert“, sagte Harrings. „Sechs kleine Fäßchen Whisky und ein Faß Rum. Wir haben die Übergabe an der Reservatsgrenze beobachtet. Jack Corner, der hier im Saal ist, kann das bezeugen."

Bei Corner handelte es sich vermutlich um den Mann, der damals bei der Schießerei den Conchas entkommen war, überlegte Little Joe. Wenn dieser Mann gegen ihn zeugte, konnte das schlimm für ihn werden.

In einer der hinteren Bänke erhob sich Corner, um das zu bestätigen, was Harrings vorgebracht hatte. Damit war alles klar. Wie würde sich nun der Richter verhalten?

„Teilen Sie uns den Grund mit, warum Sie den Indianern Alkohol lieferten", forderte der Richter.

Das tat Little Joe. Er sprach von der großen Durststrecke, die der Trail hinter sich zu bringen hatte, und von der Abkürzung durch das Indianerreservat.

„Auf den Gedanken, einen Trail durch Indianergebiet zu führen, würde von uns überhaupt niemand kommen", sagte der Richter. „Die Sache wäre ein zu großes Risiko. Alkohol und Waffen oder Munition an die Indianer zu liefern, ist in unserem Gebiet eines der größten Verbrechen. Es ist unter hohe Strafe gestellt. Wenn Harrings Anklage erhebt, muß ich Sie festnehmen."

„Ich erhebe für meinen Sohn Anklage!" Tex Harrings erhob sich. „Alkohol stachelt die Indianer nur zu weiteren Untaten an." Er deutete auf Little Joe. „Dieser Mann ist dafür verantwortlich, wenn in der nächsten Zeit Übergriffe durch die Indianer geschehen."

„Das ist doch Unsinn", verteidigte sich Little Joe. „Die Indianer betrinken sich und schlafen, genau wie weiße Männer auch. Die Übergriffe geschehen aus anderen Gründen, und dafür tragen Sie und Ihre Indianerkiller die Verantwortung. Natürlich habe ich gegen das Gesetz verstoßen und bin bereit, die Strafe zu bezahlen."

Im Saal entstand erneut Gemurmel.

Little Joe wurde unruhig. Es war klar, daß man ihn einsperren würde, bis die Strafe bezahlt war. Hoss hatte die Trail-Kasse. Er mußte verständigt werden. Indianer-Bill mußte sofort zurückreiten. „Du reitest sofort zurück", flüsterte er dem Halbblut zu. „Sagst Mr. Hoss, was du gehört hast. Er soll sofort herkommen und Geld mitbringen, verstanden?"

„Ich reiten", nickte Indianer-Bill. Er wollte gehen, doch Little Joe hielt ihn am Ärmel fest. „Warte erst die Verhandlung ab.

Die Verhandlung zog sich nicht mehr lange hin. Der Richter erklärte, die Schuld des Angeklagten sei festgestellt, und nach den hier in Kraft befindlichen Gesetzen würde der Urteilsspruch gefällt werden. Der Sheriff, der offenbar als Verteidiger fungierte, bat um ein mildes Urteil, was unter den Zuhörern Gelächter auslöste. Offenbar kannten sie das Urteil schon im voraus.

Little Joe wurde immer unruhiger. Er merkte die Spannung unter den Zuhörern und konnte sich das nicht erklären. Zu was konnte man ihn schon verurteilen? Höchstens zu einer Geldstrafe von 500 Dollar. Das war in Virginia City und den anderen Städten in Montana so üblich, wenn man einem Tauschhändler dieses Delikt nachweisen konnte.

Jetzt nahm der Richter wieder das Wort. Er betonte noch einmal die Schändlichkeit des Verbrechens und erklärte, nur das höchste Strafmaß sei hier angebracht, vor allem zur Abschreckung für andere. Dreimal schlug der Hammer auf das Polster, dann verkündete er: „Death by hanging!" Wieder drei Hammerschläge, und die Verhandlung war beendet.

Little Joe stand wie erstarrt. „Tod durch den Strang"

lautete das Urteil. Er konnte es nicht fassen. Das war doch unmöglich! Das konnte doch nur ein Scherz sein. Man wollte ihm Angst einjagen. Er sah sich um, aber Indianer-Bill saß bereits nicht mehr an seiner Seite. Statt dessen traten der Sheriff und sein Gehilfe auf ihn zu und fesselten ihm die Hände auf den Rücken.

Little Joe starrte sie mit leichenblassem Gesicht an.

„Keine Sorge", sagte der Sheriff mit den Fischaugen. „Das Urteil muß erst vom Bezirksmarshal unterschrieben werden, bevor es vollstreckt wird. Viel Hoffnung mache dir aber nicht, der alte Saufsack unterschreibt alles, was man ihm vorlegt."

Eine Viertelstunde später saß Little Joe in der Haftzelle der Sheriffstation. Ja, sie hatten hier im Niemandsland ihre eigenen Gesetze, und wer sollte ihnen da dreinreden? Der Galgen stand nicht umsonst auf dem Marktplatz. Harrings war ein Hanging-Richter, der vermutlich jedes Delikt mit dem Tode bestrafte. Er erließ hier die Gesetze, und ein trunksüchtiger Bezirksmarshal bestätigte sie. Nach normalem Gesetz war für dieses Delikt nur eine Geldstrafe vorgesehen. Little Joe dachte an seinen Vater, der von alledem nichts wußte und vor allem niemals darauf eingegangen wäre, den Indianern Alkohol für den Durchzug des Trecks zu liefern. Ja, er war jetzt ganz schön in Schwierigkeiten. Er hatte gegen das Gesetz verstoßen, um den Trail ohne große Verluste zu führen. Daß er aber dafür mit dem Tode bestraft werden sollte, wollte ihm nicht in den Sinn. Seine ganze Hoffnung war jetzt Indianer-Bill. Er hatte die Verhandlung sofort nach dem Urteilsspruch verlassen und würde Hoss über alles aufklären. Hoss würde ihn nicht im Stich lassen, dessen war er ganz sicher. Er mußte also abwarten.

Gefahr für Cora

Während dieser Zeit saß Cora Orton in der Postkutsche. Sie fühlte sich hintergangen und gedemütigt. Sie hatte nicht im mindesten geargwöhnt, daß Little Joe sie in Golden Springs in die Postkutsche setzen würde. Wieder war sie auf einen seiner Tricks hereingefallen, und das ärgerte sie. Warum lief sie ihm überhaupt nach? Es gab so viele junge Männer in Virginia City, die sich geradezu um sie rissen. Auch Hoss hätte sie doch sofort geheiratet. Aber Little Joe! Was reizte sie nur an diesem „mageren Heringsbändiger"? Sie konnte es selbst nicht sagen, sondern nur fühlen, und das kam ganz tief aus ihrem Inneren. Wenn sie an Little Joe dachte, wurde ihr ganz warm ums Herz. Ja, er hatte etwas, was die anderen Männer nicht besaßen, er hatte Charakter, er wußte, was er wollte, und handelte danach, ganz gleich, was auch geschah. Das war natürlich nicht immer richtig, aber Joe war nun eben so. In vielen Dingen war er ihr sogar sehr ähnlich. Vielleicht war es das, was sie an ihm so liebte. Wenn er auch, wie Hoss behauptete, wie eine Biene von Blüte zu Blüte flog, so nahm sie das nicht so genau. Sollte er sich ruhig erst mal die Hörner abstoßen. In der Ehe würde sie ihn so beschäftigen, daß er viel zu müde war, um zu einer anderen „Blüte" zu fliegen. Davor hatte sie keine Angst. Das würde sie ihm schon abgewöhnen.

Cora lehnte sich im Wagen zurück. Diese Gedanken hatten sie wieder in die richtige Bahn gebracht. Ja, vielleicht war es doch besser, die Männer bei dem Trail nicht zu stören. Sie hatten schließlich eine Verantwortung. Was einem jungen Mädchen passieren konnte, hatte sie selbst erlebt. Wenn sie an den Zwischenfall mit Tschakanuk dachte, überlief sie noch jetzt eine Gänsehaut. Aber Little Joe hatte sie nicht für dreißig Pferde an Tschakanuk verschachert. Obgleich dieser Gedanke völlig absurd war, freute sie sich darüber. Ja, Little Joe war ein Mann, und sie würde nicht davon ablassen, sich immer wieder um ihn zu bemühen. Einmal würde es klappen.

In der sechssitzigen Postkutsche fuhren noch ein älterer Mann und eine etwas aufgedonnerte Dame mit. Der Herr war ein Viehhändler, der nach Puma wollte. Die Dame erklärte, sie sei die Schwester des Besitzers des State Saloons in Virginia City. Sie wolle ihren Bruder besuchen.

„Mr. Benson", sagte Cora. „Ja, den kenne ich gut." Sie stellte sich vor, und man kam weiter ins Gespräch. So erfuhr Cora, daß die Dame in Golden Springs einen Saloon besessen hatte. Sie habe nun vor, bei ihrem Bruder zu bleiben.

„Wissen Sie", erklärte Mrs. Benson. „In Golden Springs ist alles in der Hand der Harrings. Sie beherrschen die ganze Stadt. Sie haben mich auch gezwungen, meinen Saloon zu verkaufen. Der junge Harrings ist ein Tunichtgut. Mit seinen Freunden terrorisiert er die kleinen Farmer und zwingt sie, ihr Land an seinen Vater zu verkaufen. Seine Lieblingsbeschäftigung ist, Jagd auf Indianer zu machen. Das weiß die ganze Stadt, aber niemand kümmert sich darum."

Cora hatte in diesem Augenblick noch keine Ahnung, daß es sich bei dem jungen Harrings um Al Robinson handelte, den sie nur allzu gut kannte. Sie erzählte, daß sie einen Trail begleitet habe und jetzt wieder nach Hause wolle.

Mrs. Benson fand das sehr vernünftig. Ein junges Mädchen habe bei einem Trail auch nichts zu suchen, meinte sie.

In Puma hatte die Postkutsche Aufenthalt. Der Viehhändler stieg aus, und die beiden Frauen blieben allein.

Bald darauf rollte die Kutsche weiter. Sie schlug ein mäßiges Tempo an, denn die Gegend war hier sehr gebirgig, und die Straße war mit abgesprengten Steinbrocken bedeckt. Der Ausläufer eines Gebirgszuges mußte überquert werden. Die Straße über den Paß war immer durch Steinschlag gefährdet. Mehrere Male mußten die Kutscher absteigen, um größere Steinbrocken aus dem Weg zu räumen.

Bei dieser Gelegenheit passierte es.

Die Frauen hörten plötzlich draußen Pferdegetrappel und Stimmen.

Cora beugte sich aus dem Fenster und sah mehrere Reiter, die ihre Halstücher vor das Gesicht gezogen hatten. Sie hielten Gewehre und Colts auf die Kutscher gerichtet.

„Was wollt ihr denn?" brüllte einer der Kutscher. „Da seid ihr aber schön 'reingefallen. Der Geldtransport ist schon gestern durch. Wir haben nur zwei Frauen im Wagen, und die paar Klunker, die die haben, könnt ihr euch holen."

„Quatsch nicht!" herrschte ihn einer der Männer an. „Ein Mädchen ist in der Kutsche. — Laß sie aussteigen!"

„Was ist los?" wollte Mrs. Benson wissen. Sie beugte sich vor, sah die Männer und fiel mit einem leisen Aufschrei in Ohnmacht.

Ein Mädchen ist in der Kutsche? Cora glaubte noch immer nicht, daß sie damit gemeint war. Erst als einer der Reiter an den Wagen kam und sie aufforderte auszusteigen, bekam sie Angst.

„Was wollen Sie von mir? — Ich habe kein Geld bei mir", sagte sie erregt.

„Das holen wir uns schon von deinem Alten", erwiderte der Maskierte, dessen Stimme ihr merkwürdig bekannt vorkam. „Los, steige aus! — Wenn du tust, was wir sagen, passiert dir gar nichts."

Ein gesatteltes Pferd wurde herangeführt.

„Aufsteigen!"

Cora sah, daß eine andere Möglichkeit nicht bestand. Die Kutscher konnten ihr nicht helfen. So stieg sie etwas zögernd in den Sattel, während einer der Kerle ihr Bündel aus dem Wagen holte und es ihr überreichte.

„Damit du dir wenigstens die Zähne putzen kannst!"

Dann nahmen sie die Reiter in die Mitte und ritten mit ihr davon. Der Ritt war sehr schnell. Die Kerle benutzten keine Fahrstraßen und Wege, sondern ritten querfeldein durch die Wildnis. Einen Weg überquerten sie, und hier entdeckte Cora durch Zufall einen Wegweiser. Im Vorbeireiten konnte sie erkennen: „Golden Springs 4 Meilen".

Es ging weiter ins Gebirge. Über einen schmalen Pfad kletterten sie bergan. Eine mit Büschen bewachsene Lichtung kam ins Blickfeld, eine Felswand und dahinter ein Blockhaus.

Die Kerle stiegen ab, und einer von ihnen führte sie in die geräumige Hütte. Sie war gut ausgestattet und sauber. Eine Bettstatt mit Fellen und Decken, eine Petroleumlampe, eine Waschgelegenheit, alles war vorhanden. Nur waren die Fenster vernagelt.

Der Kerl zündete die Petroleumlampe an und drehte sich um.

„Tut mir leid, daß Sie bei Lampenlicht sitzen müssen", sagte der Mann, der sie hereingeführt hatte. „Ich denke, Ihr Vater wird Sie aber schnell auslösen."

Cora sah, daß er sein Halstuch herabgezogen hatte. Sie sah ihn überrascht an. „Mr. Robinson?"

„Ja, so nenne ich mich auch manchmal", grinste Bill Harrings.

Gleich nach der Urteilsverkündung hatte Indianer-Bill das Stadthaus verlassen. Wie ihm aufgetragen war, wollte er jetzt so schnell wie möglich zum Trail zurück, um Hoss Bescheid zu sagen. Aber es ging jetzt nicht mehr um Geld, sondern nur um die Rettung von Little Joe. Was würde der Bruder tun, wenn er ihm diese Nachricht brachte? War Little Joe überhaupt zu retten? Er hatte schon daran gedacht, einfach die Sheriffstation zu stürmen, um ihn zu befreien. Von diesem Gedanken war er aber wieder abgekommen. Es war ein zu großes Wagnis. Nein, man mußte mit Hoss beraten, was geschehen sollte. Auch für ihn war das Urteil undenkbar.

Little Joes Pferd Taifun am Halfter, ritt Indianer-Bill zurück. Er merkte zwar, daß ihm zwei Reiter folgten und es darauf abgesehen hatten, ihm den Weg abzuschneiden, aber er ließ sich dadurch nicht entmutigen. Als die Kerle ihm zu nahe kamen, gab er einige Warnschüsse ab. Die Burschen erwiderten das Feuer, trafen aber nicht. Erst an der Reservatsgrenze ließen sie von ihm ab. Offenbar fürchteten sie ein Zusammentreffen mit Conchas.

Nach einer Stunde orientierte sich Indianer-Bill von einer Anhöhe aus. Die Herde war inzwischen weitergezogen. Eine hohe Staubwolke wies ihm die Richtung, in der er reiten mußte. Das war der Trail. Nach einer halben Stunde hatte er ihn erreicht. Er ließ Taifun bei der Remuda zurück und preschte zur Spitze vor. Drei Meilen vor ihr ritten Ben Hawkins und Hoss. Sie hatten bereits einen Lagerplatz für die Siesta gefunden, und Hop Sing war dabei, das Essen zu bereiten.

Hoss und Ben Hawkins saßen vor dem Küchenzelt, als Indianer-Bill schweißnaß vom Pferd sprang. Sie hatten sofort bemerkt, daß Little Joe nicht dabei war, und sahen ihm beunruhigt entgegen.

„Little Joe in Golden Springs", schnaufte das Halbblut, riß den Hut vom Kopf und wischte sich den Schweiß von der Stirn. „Er nicht konnte mitkommen."

„Wieder ein Weiberrock?" fragte Hoss ärgerlich. Er war solche Dinge von seinem Bruder gewöhnt. Sah Little Joe ein hübsches Mädchen, so hatte alles keine Eile. „Ist ihm wieder die Sicherung durchgebrannt?"

„Nichts Sicherung", erwiderte Indianer-Bill. „Little Joe eingesperrt in Sheriffstation, that so!"

Hoss blieb der Mund offenstehen. „Und warum?" fragte er nach einer Weile.

„Alkohol an Indianer!"

„Und wie kommt das? — Wer klagte ihn an?" fragte der Dicke fassungslos.

„Al Robinson! — Aber er nicht Al Robinson, sondern Bill Harrings. Vater mächtiger Mann in Golden Springs und Richter sein Bruder. Er ihn verurteilen, wegen Alkohol."

„Zum Teufel! — Ich habe es ja gewußt", schimpfte Hoss. „Aber er mußte gegen das Gesetz verstoßen. Jetzt haben wir den Salat! Das kostet wenigstens fünfhundert Dollar. Wir müssen ihn natürlich auslösen."

„Nix auslösen", sagte Indianer-Bill mit bewegungslosem Gesicht. „Wir kämpfen! Wollen machen mit Little Joe hanging, that so!"

„Was wollen sie mit ihm machen?" fragte Ben Hawkins stirnrunzelnd. „Sie wollen ihn aufhängen?"

Hoss hob die Schultern. „Das ist doch unmöglich!"

„Doch, ich gehört!" Indianer-Bill nickte. „Wollen machen hanging mit ihm." Er hob die Hand. „In Golden Springs alles Indianerkiller und Banditen."

„Ach, das ist doch unmöglich", sagte Hoss kopfschüttelnd. „Er wird sich verhört haben. Aber jedenfalls müssen wir sofort etwas unternehmen."

Indianer-Bill sagte nichts mehr. Er wußte genau, daß er sich nicht verhört hatte.

Hoss gab Ben Hawkins Anweisungen. Der Treck mußte unter allen Umständen weitergeführt werden. Hawkins und einer der Spitzenreiter wurden mit der Führung beauftragt. Hoss wollte mit Indianer-Bill nach Golden Springs reiten, um Little Joe auszulösen. „Du führst den Trail ruhig weiter", erklärte er dem Vormann. „Wir kommen schon, wenn nicht heute, dann morgen. Ich bin froh, wenn wir die Reservatsgrenze hinter uns haben."

„Na, dann viel Glück!"

Hoss nahm 1000 Dollar aus der Trailkasse und steckte das Geld in seine Satteltasche. Er hätte Little Joe in diesem Moment umbringen können. Wovon sollte er jetzt die Transportkosten für die Pazific-Bahn bezahlen? Vom Verladebahnhof bis zum Ablieferungsort mußten sie noch sechzig Meilen fahren.

Hop Sing hatte natürlich alles mitbekommen. Als die Männer auf die Pferde steigen wollten, trat er in seinem Westerndreß zu ihnen. „Mich mitnehmen, Mistel Hoss! — Ich kämpfen fül Mistel Joe", erklärte er und schwenkte seine Winchester. „Sie nicht machen hanging mit ihm."

„Und wer soll für die Leute kochen?" fragte Hoss. „Außerdem wird nicht gekämpft. Es kann sich hier nur um einen Irrtum handeln."

„Und wenn kein Illtum?" fragte der Chinese. „Essen alles feltig. Leute können selbst austeilen, velstehen?"

„Nein, du kommst nicht mit", entschied Hoss.

Hoss und Indianer-Bill erreichten den Stadtrand von Golden Springs in der Abenddämmerung. An ihrem Weg lag eine kleine Farm. Alles sah ordentlich und sauber aus. Sie ritten in den Hof, um Wasser zu trinken. Der Tag war sehr heiß gewesen, und sie verspürten Durst. Auch die Pferde mußten versorgt werden.

Am Ziehbrunnen stand ein alter Mann, der sie aber sofort ins Haus bat. Er schenkte ihnen zwei Blechbecher Wasser aus einem Faß ein. „In die Teufelsstadt wollen Sie?" fragte er.

„Ja, wir wollen uns dort mal umsehen", sagte Hoss.

„Halten Sie sich aber nur nicht zu lange dort auf", fuhr der Alte fort. „Sonst hängt man Ihnen etwas an. Fremde sind dort nicht gern gesehen."

Hoss wollte mehr wissen. Vielleicht war es ganz gut, daß sie hier eingekehrt waren. So konnte man etwas in Erfahrung bringen.

„Na, so schlimm wird es wohl nicht sein."

„Schlimm! — Das Wort ist gar kein Ausdruck für das, was dort geschieht", schimpfte der Alte. „Tex Harrings und seinem Bruder, dem Richter, gehört die ganze Stadt. Sie machen, was sie wollen, und wer ihnen unbequem ist, den lassen sie aufhängen. — Schauen Sie mich nicht so ungläubig an — es ist so! — Ja, diese Farm gehörte mir einmal. Ich habe sie an die Harrings verkaufen müssen und bin nur mehr Verwalter. Sonst hätten sie mir das Haus über dem Kopf angezündet."

„Und warum haben Sie sich nicht an den Bezirksmarshal gewandt?" fragte Hoss. „Das ist doch alles ungesetzlich."

Der Alte tat eine abwehrende Handbewegung. „Soll ich mir mein eigenes Grab schaufeln? — Sie hätten mich am nächsten Tag umgebracht. Das Gesetz macht hier der Richter. Der Schlimmste von allen ist Bill Harrings. Vermutlich weiß sein Vater nicht einmal, daß er Geschäfte auf eigene Art betreibt. Er ist der Anführer einer Räuberbande, die sich sogar an Geldtransporte heranmacht. Der Überfall auf die Postkutsche mit Lohngeldern bei Nogales kommt auf ihr Konto. Das weiß ich ganz genau. Ich fand nämlich die leeren Postsäcke auf meinem Acker."

„Bill Harrings ist kleiner Mann Al Robinson", sagte Indianer-Bill. „Er sich nur bei uns nennen Robinson."

„Und er war es, der Little Joe anklagte", seufzte Hoss. „Diesem Kerl haben wir das Leben gerettet. Das nenne ich Dankbarkeit!"

„Na, wollen Sie noch immer nach Golden Springs?" fragte der Alte.

„Wir müssen", sagte Hoss. „Vielen Dank für die Bewirtung und Aufklärung."

„Sie jetzt glauben, daß sie machen hanging mit Little Joe?" fragte Indianer-Bill, als sie wieder aufsaßen. Er führte Little Joes Pferd Taifun an der Trense neben sich her. „Hoffentlich Little Joe noch einmal sitzen auf seinem Pferd."

„Darauf kannst du dich verlassen", antwortete Hoss grimmig. „Sonst werde ich mit den Trailmännern die Stadt stürmen."

„Vielleicht lieber sofort mitnehmen Trailmänner", überlegte Indianer-Bill. „Ich vielleicht zurückreiten und alle Leute holen?"

Den Vorschlag lehnte Hoss aber ab. Noch war nichts passiert, und vielleicht würde auch nichts passieren. Man mußte eben verhandeln. Für das Delikt, das Little Joe begangen hatte, war die Todesstrafe ungesetzlich. Das würde er dem Richter, wenn das Urteil wirklich so lautete, schon klarmachen. Er konnte sich nicht darüber hinwegsetzen.

Vor der Poststelle banden sie die Pferde an den Haltebalken. Bei einer Flucht war es besser, sie nicht direkt vor dem Haus, in dem man sich aufhielt, anzubinden.

In der Sheriffstation saßen drei Männer beim Kartenspiel. Der junge Sheriff mit den Fischaugen erhob sich sofort, als Hoss und Indianer-Bill eintraten. „Sheriff Baxter", stellte er sich vor und deutete auf die beiden anderen Männer. „Meine Hilfssheriffs! — Um was geht es?" Er sah Indianer-Bill an. „Dich kenne ich doch — oder?"

„Stimmt", nickte Hoss. „Und mich werden Sie jetzt kennenlernen. Sie haben meinen Bruder Joe Cartwright unrechtmäßig in Haft genommen. Ich bin Hoss Cartwright! Er ist eines Deliktes angeklagt, das nach dem Recht mit einer Geldstrafe belegt wird. Ich möchte ihn auslösen."

Die Fischaugen des Sheriffs glänzten. Offenbar amüsierte er sich über das Auftreten von Hoss. „Freund", sagte er dann, „ich bin nur ausübende Kraft. Ihr Bruder ist mir nach einem Urteilsspruch übergeben worden. Was soll ich tun? Er wird in den nächsten Tagen gehängt werden, und daran können auch Sie nichts ändern. Der Richter hat seinen Spruch erlassen."

„Der Richter? — Wer ist dieser Richter, der die Todesstrafe für ein Delikt ausspricht, das überall mit einer Geldbuße geahndet wird?"

„Richter Harrings", erklärte der Sheriff und fügte hinzu: „Machen Sie keinen Wirbel, Mister! Mich trifft keine Schuld. Ich muß mich nach seinen Anweisungen richten. Wenden Sie sich an den Richter. Falls Sie Ihren Bruder sprechen wollen, bitte sehr! — Ich sagte ihm gleich, er solle verschwinden und keine Anklage gegen Harrings erheben, aber er hörte nicht auf mich. Ja, hier bei uns hat alles seine Ordnung." Damit öffnete er die Tür zum Haftraum.

Little Joe erhob sich von der Pritsche und kam an die Gitterstäbe.

„Zehn Minuten Sprechzeit", erklärte der Sheriff.

„Gut, daß du da bist, Hoss", sagte Little Joe und nickte Indianer-Bill zu.

„Ich habe die Trailkasse bei mir und will dich auslösen", fuhr Hoss fort. „Ich denke, der Richter wird sich darauf einlassen. Meine Sorge ist nur, daß Pa nichts davon erfährt. Er wird uns die schlimmsten Vorwürfe machen. Ich war gleich dagegen, Tschakanuk mit Whisky zu versorgen. — Ach, aber darum geht es jetzt nicht mehr. Du mußt hier 'raus!"

„Der Richter wird niemals auf dein Angebot eingehen", sagte Little Joe. „Diese Stadt steht außerhalb des Gesetzes. Er ist das Gesetz, und er ist ein geldgieriger, böser alter Mann."

„Hör zu, Joe! Sollte ich keinen Erfolg haben, halte dich um Mitternacht bereit. Wir holen dich hier heraus, koste es, was es wolle! Du weißt, du kannst dich auf deinen Dicken verlassen!"

Little Joe lächelte schwach. „Ja, Dicker!"

Sie brauchten nur über die Straße zu gehen, um in das Haus Richter Harrings' zu gelangen. Der Richter war auch bereit, sie zu dieser späten Abendstunde noch zu empfangen. Er saß hinter seinem Schreibtisch.

„Das Todesurteil gegen meinen Bruder muß aufgehoben werden", begann Hoss sofort. „Das Gesetz schreibt vor, für das Delikt, dessen mein Bruder angeklagt ist, eine Geldstrafe als Buße anzusetzen. Ich bin bereit, diese Geldstrafe zu zahlen."

„Zu spät", sagte Richter Harrings. „Das Urteil ist ausgesprochen und wird durch die Bestätigung des Bezirksmarshals rechtskräftig. Es ist dem Bezirksmarshal bereits zugestellt worden. Die Bestätigung wird morgen eintreffen." Und mit einem Lächeln fügte er hinzu: „Er hat noch nie ein Urteil von mir zurückgewiesen."

„Ich protestiere gegen Ihre eigenmächtige Erlassung von Gesetzen", erklärte Hoss. „Wenn meinem Bruder nur ein Haar gekrümmt wird, dann seien Sie sicher, daß ich mich an den Gerichtshof in Washington wenden werde. Auch im Niemandsland können Sie einen Menschen nicht ohne besonderen Grund aufhängen lassen."

„Sie sind sehr mutig, junger Mann!" Richter Harrings hob den Zeigefinger. „Lassen Sie sich sagen: Hier bestimme ich und sonst niemand! Sie können mich nicht zwingen, ein einmal ausgesprochenes Urteil rückgängig zu machen. Hier gibt es keine Berufung."

Damit war die Unterredung beendet.

„Wir hätten lieber Trailleute sofort mitnehmen sollen", sagte Indianer-Bill, als sie wieder auf der Straße standen. „Was jetzt tun?"

„Ich muß ihn noch heute herausholen", erklärte Hoss. „Das ist meine letzte Chance. Schon morgen kann die Bestätigung des Urteils eintreffen, und dann ist es zu spät. Unsere Leute können wir bis dahin nicht herbeirufen, sie kämen zu spät."

„Nun, wir holen ihn heraus, aber wie machen?"

Hoss sah auf seine Taschenuhr. Es war zehn Uhr abends. Die Nachtwache in der Sheriffstation mußte bereits ihren Posten übernommen haben. In der kleinen Stadt war es noch sehr belebt. In den Saloons ging der Betrieb erst richtig los, weil die Minenarbeiter aus den Bergen kamen. Nein, man mußte die Befreiungsaktion verlegen. Der Zeitpunkt um Mitternacht war zu früh gewählt. Little Joe mußte davon verständigt werden.

Im Magazin kaufte Hoss einige Gegenstände, die er

Little Joe übergeben wollte, um mit ihm sprechen zu können. Unter anderem auch eine Rolle Bindfaden. Hoffentlich ließ man ihn jetzt noch zu ihm.

Während Indianer-Bill auf der anderen Straßenseite zurückblieb, machte sich Hoss zur Sheriffstation auf. Auf sein Klopfen hin öffnete ihm der fischäugige Sheriff die Tür. Als Hoss erklärte, er wolle seinem Bruder einige Sachen übergeben, wurde er anstandslos eingelassen.

Der Sheriff war allein. Offenbar hatte er heute die Nachtwache übernommen. „Eigentlich ist das gegen die Vorschrift", sagte er. „Bei einem Hanging-Mann mache ich aber 'ne Ausnahme. Reden Sie mit ihm. Morgen haben Sie vielleicht keine Zeit mehr dazu." Er blieb sogar im Büro zurück, als Hoss in den Haftraum ging.

Hoss schob die Gegenstände durch die Gitterstäbe und sah zu seiner Freude, daß sich das Gitterfenster direkt in der Haftzelle von Little Joe befand. „Um zwei Uhr geht's los", flüsterte er. „Wir schaffen dir eine Waffe in die Zelle. Die richtest du auf den Sheriff, wenn er uns die Tür öffnet. Unter irgendeinem Vorwand werden wir ihn dazu bringen. Alles klar?"

Little Joe nickte. „Hoffentlich klappt es, Dicker!"

„Dann bis morgen", antwortete Hoss so laut, daß es der Sheriff im Büro hören konnte.

Die Fischaugen des Sheriffs musterten Hoss, als er aus dem Haftraum kam. „In den Sachen war nichts", meinte er. „Die hatte ich durchgesehen, aber dreh dich mal um, Freund! — Ja, auch deine Colts sind noch da. — Alles in Ordnung!" Er begleitete Hoss zur Tür.

Gegen ein Uhr wurde es in der Stadt ruhiger. Die Saloons schlossen, und die Minenarbeiter machten sich zu ihren Unterkünften in den Bergen auf.

Hoss und Indianer-Bill, die sich in der Nähe der Post-

stelle bei den Pferden aufgehalten hatten, brachten die Pferde hinter einen Schuppen, der unmittelbar neben der Sheriffstation stand. Dahinter lag weites Weidegelände, das sich bis zur Reservatsgrenze hinzog. Die Straße zur Flucht zu benutzen, war zu gefährlich.

Kurz vor zwei Uhr ritt Hoss an der Rückseite der Sheriffstation unter das Fenster der Haftzelle. Er ahmte den Ruf eines Käuzchens nach und stieg auf den Sattel. So kam er an das hochgelegene Zellenfenster heran. Nachdem er einen Colt an einem Stück Bindfaden befestigt hatte, schob er ihn vorsichtig durch das Gitter und ließ ihn in die Zelle hinab. An dem heftigen Ruck, den er verspürte, erkannte er, daß Little Joe die Waffe bekommen hatte.

Damit war der erste Punkt der Befreiungsaktion gelungen. Durch die offenstehende Tür der Haftzelle konnte Little Joe jetzt den Sheriff mit der Waffe bedrohen, wenn er ihnen die Tür öffnete. So konnte man ihn entwaffnen und den Gefangenen befreien. Das war Hoss' Plan, und er zweifelte keinen Moment daran, daß er gelingen würde.

Die Straße war leer, als sie sich der Sheriffstation näherten. In dem Büroraum brannte eine Petroleumlampe. Hoss warf einen Blick durch das Fenster und sah den fischäugigen Sheriff in einem Schaukelstuhl schlafen. Er gab Indianer-Bill das Zeichen, an die Tür zu klopfen. Nachdem Bill angeklopft hatte, sah Hoss den Sheriff zur Tür gehen. Er trug nicht mal einen Revolvergürtel.

„Wer ist da?"

Hoss hatte bereits seinen Colt aus dem Halfter. „Cartwright. Könnte ich noch mal mit meinem Bruder sprechen?"

Die Tür wurde geöffnet. „Gut! Kommen Sie herein!" Der Sheriff starrte lächelnd in die Mündung von Hoss' Colt. „Was soll der Quatsch?"

Auch Indianer-Bill hatte beide Colts gezogen, aber das Lächeln des Sheriffs blieb.

Sie drängten ihn in den Raum und schlossen die Tür hinter sich.

Durch die offenstehende Tür sahen sie Little Joe in der Zelle stehen, aber er hielt keinen Colt in der Hand, sondern schüttelte nur den Kopf.

Im gleichen Moment sagte eine höhnische Stimme: „Es sind zwei Gewehre auf Sie gerichtet! — Lassen Sie die Waffen fallen!"

Hoss und Indianer-Bill kamen der Aufforderung nach, und als sich Hoss umdrehte, sah er Richter Harrings am Schreibtisch des Sheriffs sitzen. Neben ihm standen die beiden Hilfssheriffs mit Gewehren in den Händen.

„Ja, damit hatten wir gerechnet", sagte Richter Harrings. „Sie waren keinen Augenblick unbeobachtet, nachdem Sie mein Haus verließen. Sie sind mir in die Falle gegangen."

Hoss konnte keinen Gedanken fassen, so überrascht war

er. Jetzt war alles aus. Damit hatte er wirklich nicht gerechnet.

„Sie werden beide in Haft genommen", fuhr der Richter fort. „Sie haben sich des gleichen Deliktes schuldig gemacht wie Ihr Bruder. Sie waren dabei, als der Alkohol an die Indianer ausgeliefert wurde. Außerdem erhebe ich Anklage wegen versuchter Gefangenenbefreiung. Die Verhandlung findet morgen statt."

Hoss und Indianer-Bill wurden in die Nebenzelle gebracht, und der Richter verließ mit den beiden Hilfssheriffs die Station.

„Tja, Pech, Jungs", lächelte der fischäugige Sheriff,

nachdem er die Zellentür abgeschlossen hatte. „Mit den Harrings ist nicht zu spaßen. Sie hören das Gras wachsen."

In diesem Moment klopfte es an der Tür.

„Zum Teufel, was ist denn jetzt schon wieder los!" schimpfte der Sheriff. Er ging zur Tür, in der Annahme, einer der Männer sei zurückgekommen, um sie zu öffnen. Erschrocken fuhr er aber zurück, denn auf der Schwelle stand Hop Sing, einen Colt in der Rechten und in der linken Hand sein großes Schlachtmesser. Mit dem Fuß trat er die Tür hinter sich zu und sagte: „Nun schnell aufschließen die Zellen und nicht machen Tlicks, sonst ich dil schneiden Ohlen und Nase ab, du velstehen?" Damit fuhr er mit dem Messer durch die Luft. „Machen schnell, sonst dil Hop Sing sofolt schneiden!"

So schnell hatte Sheriff Baxter noch nie eine Zellentür geöffnet.

Auf der Ponderosa ging alles seinen Gang. Von den Schwierigkeiten seiner Söhne hatte Ben Cartwright keine Ahnung. Mit Gloria, der schwarzen Köchin, war er zufrieden. Manchmal fehlte ihm allerdings Hop Sing, mit dem man so gut Späße treiben konnte. Er hatte sich zu sehr an den Chinesen und seine Art gewöhnt. Piggy, der alte Trail-Koch, war auch bei ihm aufgetaucht, um sich über Hop Sing zu beschweren. Er hatte seine Krankheit überwunden, war aber der Ansicht, Hop Sing habe ihm ein Mittel ins Essen gemischt, um ihn für einige Tage krank zu machen. Das stimmte zwar, aber das wußte Ben Cartwright nicht. Piggy war von ihm beschwichtigt worden und ganz zufrieden wieder abgezogen.

An diesem Morgen saß Ben Cartwright hinter seinen Büchern, als der Einspänner der Orton-Ranch in den Hof fuhr. Er trat ans Fenster und sah William Orton mit einer fremden Dame vom Wagen steigen. Bald darauf kamen sie ins Haus.

„Das ist Mrs. Benson, die Schwester von Harry Benson, der unseren State Saloon bewirtschaftet", stellte Orton die Dame vor. „Mrs. Benson war in der Postkutsche, die hinter Puma angehalten wurde. Sie wohnte bis jetzt in Golden Springs."

Ben Cartwright bat sie, Platz zu nehmen, und ließ durch Gloria einen Drink servieren.

Mr. Orton nahm einen Schluck und setzte das Glas ab. „Ist dir bekannt, daß Cora mit eurer Herde reist?"

„Ganz unmöglich", erwiderte Ben Cartwright sofort. „Little Joe würde Cora niemals mitnehmen. Eine Frau hat auf einem Trail nichts zu suchen." Er sah sein Gegenüber forschend an. „Aber du mußt einen Grund zu dieser Frage haben."

Orton nickte bekümmert. „Mrs. Benson erklärte mir, das Mädchen, das die Kerle aus der Postkutsche entführt haben, sei Cora."

„Ja", führte Mrs. Benson an. „Sie erzählte mir, sie sei bisher mit einer Herde gereist und jetzt auf dem Wege nach Hause. Sie nannte ihren Namen und kannte auch meinen Bruder. Es kann sich bestimmt nur um Ihre Tochter handeln."

„Und wo ist Cora?"

„Angeblich bei ihrer Tante in Nogales", erklärte Orton. „Aber ich bin jetzt nicht mehr sicher. Deshalb habe ich einen meiner Leute nach Nogales geschickt, um festzustellen, ob sie dort ist. — Du bist also ganz sicher, daß sie nicht mit deinen Söhnen gezogen ist?"

„Ich müßte davon wissen!" Ben Cartwright hob die Schultern. „Ich kann mir nicht denken, daß die Jungs sie mitgenommen haben. Wozu auch?"

„Ich hielt es jedenfalls für meine Pflicht, Mr. Orton von der Entführung zu verständigen", wandte Mrs. Benson ein. „Geraubt haben die Kerle ja nichts, aber warum haben sie das Mädchen mitgenommen? — Natürlich habe ich auch auf der Sheriffstation von dem Überfall erzählt, bei dem ich ohnmächtig wurde."

„Und was denkst du?" fragte Ben Cartwright.

„Wenn sie nicht in Nogales ist, muß etwas geschehen."

„Mrs. Benson überlegte eine Weile. „Ich hörte die Stimmen der Männer. Eine Stimme kam mir sehr bekannt vor", fuhr sie fort. „Ich erkannte die Stimme von Bill Harrings, davon lasse ich mich nicht abbringen. Ich habe diese Stimme tagtäglich an meiner Bar gehört und möchte wetten, daß er bei den Kerlen war."

„Und wer ist dieser Harrings?"

„Ein Tunichtgut, von dem sein Vater nicht einmal weiß, was er alles auf dem Kerbholz hat." Mrs. Benson berichtete ganz ausführlich über Golden Springs und die dort herrschenden Zustände.

„Ja, ich habe schon von diesem Richter gehört", sagte Ben Cartwright. „Er und dieser Tex Harrings sollen alles Weideland um Golden Springs aufgekauft haben. Nach dem Tod von Colonel Fox, der bei einem Unfall in den Bergen umkam, übernahmen sie gemeinsam die Silbermine, da sich keine Erben meldeten."

„Ja, richtig", bestätigte Mrs. Benson. „Und wie der Colonel umkam, ist nie so richtig herausgekommen. Der Leicheneinsarger sagte, er habe eine Schußverletzung gesehen. Dafür haben ihn Bill Harrings und seine Leute fast totgeschlagen." Sie beugte sich vor. „Wenn sie ihn heute fragen, kann er sich an nichts mehr erinnern."

„Das sind ja tolle Zustände!" Orton warf Ben Cartwright einen Blick zu. „Wenn das Mädchen in der Kutsche wirklich Cora war, was könnten sie vorhaben?"

„Warten wir erst einmal die Rückkehr des Mannes aus Nogales ab. Ich würde mir da noch keine Sorgen machen. Vielleicht sitzt sie bei ihrer Tante, und alles war nur eine Verwechslung."

„Kaum", sagte Mrs. Benson mit spitzem Mündchen und etwas beleidigt. „Sie nannte sich Cora Orton. Ich habe jedenfalls meine Pflicht getan und Sie von dem Vorgang in Kenntnis gesetzt."

„Das ist auch sehr lobenswert!" Ben Cartwright nickte ihr freundlich zu. Er kam noch einmal auf den Überfall zurück. „Und Sie sind ganz sicher, daß dieser Bill Harrings zu den Leuten gehörte, die die Postkutsche anhielten und das Mädchen entführten?"

„Da bin ich ganz sicher!" Mrs. Benson erhob sich. „Es waren Bill Harrings und seine Leute. Vielleicht ist ihm wieder einmal das Geld ausgegangen, und er wird versuchen, Sie zu erpressen."

„Ja, Lösegeld! — Das könnte der Grund für die Entführung sein", überlegte Ben Cartwright. „Aber dann müßte er sich bald melden."

„Ja, das müßte er", sagte Orton düster. „Kommen Sie, Mrs. Benson, ich bringe Sie in die Stadt zurück. Ich danke Ihnen jedenfalls für Ihre Mühe, die Sie sich gemacht haben."

„Das hielt ich für meine Pflicht!"

Ben Cartwright brachte seine Besucher zur Tür. „Und ich höre von dir, wenn der Mann aus Nogales zurück ist, nicht wahr?"

Orton versicherte es und verließ mit Mrs. Benson das Haus. Ben Cartwright beobachtete, wie sie draußen auf den Wagen stiegen und davonfuhren. Er schloß die Tür und stand Gloria, der schwarzen Köchin, gegenüber.

„Mr. Cartwright, ich muß Ihnen etwas sagen", begann die Negerin. Sie hatte plötzlich Tränen in den Augen. „Ich — ich habe alles gehört, was gesprochen wurde. Das Mädchen, das in der Postkutsche war, kann nur Miß Cora gewesen sein."

„Und woher wissen Sie das so genau?"

„Weil — weil sie heimlich mit der Herde gereist ist", weinte Gloria. „Hop Sing nahm sie mit und versteckte sie in seinem Küchenwagen. Ich habe alles gewußt und hätte mich nicht darauf einlassen sollen, hierher zu gehen."

Der Rancher ließ sich langsam in seinem Schreibtischsessel nieder. „Erzählen Sie!"

Das tat Gloria, und Minuten später war Ben Cartwright über alle Vorgänge unterrichtet. Jetzt war alles klar. Man brauchte die Nachricht aus Nogales erst gar nicht abzuwarten. Cora war vermutlich von Little Joe entdeckt und kurzerhand zur Rückfahrt in eine Postkutsche gesetzt worden. Dort hatten sie die Banditen herausgeholt, genau so, wie es Mrs. Benson geschildert hatte. Wodurch war aber diesem Bill Harrings bekannt, daß es sich bei Cora um die Tochter eines reichen Ranchers handelte? Es ging hier nur um Lösegeld, das war ihm jetzt vollkommen klar. Wann die Lösegeldforderung eintraf, war nur noch eine Frage der Zeit. Sie würde kommen, dessen war er gewiß.

Eine halbe Stunde später ritt Ben Cartwright in den Hof der Orton-Ranch. Zwei Pferde standen am Haltebalken. Er erkannte sie als das Pferd des Sheriffs und seines Hilfssheriffs, des jungen Steve Collins. Folglich war der Mann aus Nogales zurück, und Orton hatte sie bereits rufen lassen.

Im Wohnraum fand er alle versammelt. Er merkte, daß etwas geschehen war.

Mrs. Orton kam weinend auf ihn zu. „Sie ist nicht in Nogales, Ben", schluchzte sie. „Sie ist in der Hand dieser Verbrecher."

„Ja, sie ist mit dem Trail gereist", sagte Cartwright. „Tut mir leid, William, aber für alles tragen meine Jungs die Verantwortung. Sie hätten sie nicht mitnehmen dürfen. Gloria erzählte mir alles. Sie war in den Plan eingeweiht."

Wortlos hielt ihm Orton ein Schreiben hin.

„Ein Postreiter brachte es vor einer halben Stunde", erklärte Sheriff Coffee. „Aufgegeben in Golden Springs."

Das Schreiben lautete:

> „Ihre Tochter Cora Orton ist in unserer Hand. Wir fordern 50 000 Dollar für ihre Freilassung. Weitere Anweisungen folgen."

„Was sollen wir tun?“ jammerte Mrs. Orton. „Mein armes Kind!“

„Wir können nur auf weitere Weisungen der Banditen warten“, erklärte der Sheriff. „Außerdem wissen wir ja bereits, wer die Entführer sind. Mrs. Benson hat den Anführer der Bande erkannt. Da die Harrings aber die ganze Stadt sozusagen in den Händen halten, ist ein Vorgehen gegen sie nur durch die Absetzung des Richters möglich. Ich weiß, daß Major Cox von der Regierung beauftragt ist, für Ordnung in den kleinen Städten des Niemandslandes zu sorgen und Übergriffe selbstherrlicher Verwaltungsorgane zu verhindern. Golden Springs ist eine solche Stadt, die unter dem Terror der Harrings steht. Es ist bereits eine Depesche nach Fort Greenwell unterwegs, damit er sich in diesen Fall einschalten kann. Er kann in einigen Stunden hier sein.“

„Das ist eine gute Lösung“, sagte Ben Cartwright. „Hoffentlich ist Jerry Cox nicht anderweitig eingesetzt. Er arbeitet ja auch für den Geheimdienst der Armee.“

Jerry Cox war mit den Cartwrights befreundet. Er trat immer dort in Erscheinung, wo die Befugnisse eines Sheriffs oder des Bezirksmarshals unwirksam wurden. So hatte er als „Banjomann“ Jerry Cox die Lafitte-Bande zur Strecke gebracht und bei den Indianerunruhen eine große Rolle gespielt. Außerdem hatte er im Falle der Mitternachtsreiter eingegriffen und in einem anderen Fall die Wilson-Bande ihrer gerechten Strafe zugeführt *). Für Jerry Cox gab es immer einen Weg zum Ziel, und Ben Cartwright war überzeugt, daß er auch in diesem Falle einen sicheren Weg einschlagen würde.

---

*) Bonanza Bd. 5, 6, 7, 8 u. 9

Der Trail näherte sich der Reservatsgrenze. Bisher war er nicht durch Conchas belästigt worden. Man befolgte also Tschakanuks Befehl, ihm freien Durchzug im Indianergebiet zu gewähren.

Einige Tage waren vergangen. Nach der Befreiung von Hoss, Indianer-Bill und Little Joe aus dem Gefängnis von Golden Springs lief Hop Sing nur noch in seiner Westerntracht herum. Er fühlte sich jetzt ganz als Westmann, der eine Heldentat vollbracht hatte. In Sorge war er damals Hoss und Indianer-Bill heimlich gefolgt, denn eine innere Stimme hatte ihn wissen lassen, wie er erklärte, daß ihnen Unheil drohe. So hatte er alles genau beobachten und im richtigen Augenblick eingreifen können.

Natürlich war er von Little Joe und Hoss für seinen Einsatz gelobt worden, obwohl sich an diesem Abend die Cowboys selbst versorgen mußten. Wenn die Brüder aber an das Auftreten Hop Sings in der Sheriffstation von Golden Springs dachten, mußten sie noch heute eine gewisse Heiterkeit bekämpfen. Hop Sing hatte in seiner Westerntracht, mit seinem Kalispell-Hut und seinem großen Schlachtmesser in der Hand einen wirklich furchterregenden Eindruck gemacht. Nicht zehn Banditen mit vorgehaltenen Revolvern hätten den Sheriff veranlassen können, die Zellen schneller zu öffnen.

Am späten Nachmittag liefen bei den Dogg-Felsen, die das Indianergebiet im Osten abgrenzten, die letzten Rinder der Herde über die Reservatsgrenze. Jetzt waren sie im Regierungsweideland, das sich mit Wüstenstrecken weit nach Osten zog. In dem saftigen Weideland der Conchas war kein Stück Vieh verlorengegangen. Alle Tiere waren gut im Futter, und Little Joe war sicher, daß sie die letzten 300 Meilen in dem wasserarmen Gebiet ohne besonderen Gewichtsverlust durchstehen würden.

An diesem Abend lagerte die Herde in einem Talkessel, den Little Joe mit Hoss und Indianer-Bill ausgesucht hatte. Der Küchenwagen und das Lager der Cowboys befanden sich nur wenige hundert Meter weiter zwischen den Felsen eines Höhenrückens, von dem man die Herde gut überblicken konnte. Dort stand ein Mann auf Posten, denn nach dem Zwischenfall in Golden Springs war man nicht sicher, ob die Harrings zu einem Gegenschlag ausholen würden. Bisher hatten sich keine Anzeichen dafür ergeben. Nach ihrem Ausbruch aus dem Gefängnis war ihnen niemand gefolgt.

Kurz vor Dunkelheit meldete der Posten eine Reitergruppe aus Westen.

Sofort wurde das Lager in Alarmbereitschaft versetzt, denn Hoss und Little Joe meinten, daß es nur die Harrings sein könnten. Die Posten bei der Remuda wurden verstärkt, und Hoss, Little Joe und Indianer-Bill ritten der Reitergruppe entgegen, um sie gegebenenfalls von hinten angreifen zu können. Sie wollten sie in das Tal reiten lassen, um ihnen dann den Rückzug abzuschneiden.

Hinter einer Felsengruppe hielten sie an, um die fremden Reiter vorbeizulassen.

Da waren sie! — Zu ihrer Überraschung handelte es sich nur um drei Reiter, die in etwa zwanzig Meter Entfernung an ihnen vorbeiritten. Waren die anderen zurückgeblieben?

Little Joe reckte plötzlich den Kopf. Zum Teufel, das waren doch der Vater, Mr. Orton und Jerry Cox.

„Hallo!" brüllte in diesem Moment auch schon Hoss, der die Ankommenden ebenfalls erkannt hatte. „Pa, hier sind wir!" Damit sprengte er aus seinem Versteck und ritt ihnen entgegen.

Die Begrüßung war herzlich. Vor allem freuten sich die

Brüder, Jerry Cox mal wiederzusehen. Little Joe erzählte sofort, daß er nur noch einige Rinder an die Indianer gegeben habe, die Herde sei aber in bester Verfassung und werde bestimmt ohne große Verluste den Zielort erreichen.

Im Lager wurde von Hop Sing sofort Kaffee bereitet, dann kam Ben Cartwright sofort auf den Zweck des Besuches zu sprechen. „Wir brauchen einige Leute, die mit nach Golden Springs reiten", sagte er und erzählte, was inzwischen vorgefallen war.

Little Joe wurde blaß, als er von der Entführung Coras hörte.

„Siehst du nun, was du angerichtet hast?" brüllte Hoss sofort. „Ja, er konnte sie nicht schnell genug loswerden. Dabei hat sie Hop Sing in der Küche geholfen und sich überhaupt nur nützlich gemacht."

„Streitet euch nicht!" gebot der Vater. „Wir müssen jetzt wissen, was sich inzwischen hier ereignet hat." Er wandte sich an Little Joe. „Du warst also in Golden Springs und hast Cora dort in die Kutsche gesetzt. Wie konnte dieser Bill Harrings wissen, wer sie war?"

Jetzt war es mit dem Versteckspielen vorbei. Little Joe mußte seine Karten auf den Tisch legen und alles zur Sprache bringen, was vorgefallen war, um die Person Bill Harrings zu erläutern. Er berichtete auch von dem Tauschhandel mit Alkohol und von der Verurteilung durch Richter Harrings, von der Falle, in die Hoss und Indianer-Bill geraten waren, und von der Befreiung durch Hop Sing.

Die Männer hörten schweigend zu. Sie waren jetzt über alles im Bilde. Vorwürfe bekam Little Joe nicht zu hören, nur Jerry Cox meinte, auf die Alkohollieferung müsse er bei Gelegenheit noch einmal zu sprechen kommen.

Im weiteren Verlauf der Aussprache erfuhren Little Joe

und Hoss, daß Steve Collins bereits in Golden Springs sei, um sich umzusehen. Er habe den Auftrag, Bill Harrings nicht aus den Augen zu lassen. Auf diese Weise könne er vielleicht das Versteck Coras ausfindig machen. In einem zweiten Schreiben hätten die Banditen den Übergabeort des Geldes genannt. Es handele sich um eine stillgelegte Mine in der Nähe von Golden Springs. Zeit der Übergabe seien die Stunden zwischen fünf und sieben Uhr des morgigen Tages.

„Ich habe das Geld bei mir", sagte Mr. Orton. „Auch bin ich bereit, es zu übergeben, wenn ich damit das Leben meiner Tochter retten kann."

„Hoffentlich arbeitet Steve Collins vorsichtig", meinte Jerry. „Bill Harrings darf auf keinen Fall erfahren, daß wir ihn bereits als den Urheber der Entführung kennen. Er wird alles leugnen, und dann könnte es für das Mädchen gefährlich werden." Er wandte sich an Little Joe. „Ich denke, du wirst das Geld übergeben. Wir halten uns im Hintergrund und verfolgen den Mann, der es annimmt."

„Dazu bin ich bereit."

„Ich mache es auch", erbot sich Hoss. „Warum muß er alles tun?"

„Weil ich klüger und dünner bin als du", lächelte Little Joe. „Komm, sei friedlich!"

Zur gleichen Zeit, als Ben Cartwright, seine Söhne, Indianer-Bill, Mr. Orton und Jerry Cox auf dem Weg nach Golden Springs waren, saß Steve Collins im Central-Hotel von Golden Springs. Collins war ein blonder junger Mann mit einem frischen Gesicht und einem gewinnenden Lächeln. Er sah harmlos aus. Seit einiger Zeit arbeitete er als Hilfssheriff in Virginia City. Zu diesem Auftrag, der ihm von Sheriff Coffee und Jerry Cox zugewiesen worden war, trug er natürlich keinen Stern. So hatte er schnell herausgefunden, wer Bill Harrings war. Dieser befand sich immer in Begleitung einiger Burschen, denen man am liebsten aus dem Wege ging.

Jetzt saß er mit einigen Kerlen in der Halle des Saloons beim Kartenspiel. Noch hatte er die Stadt nicht einen Augenblick verlassen. Es war ausgemacht worden, daß Collins bei der Verfolgung Bill Harrings in die Berge indianische Zeichen legen sollte. Das hieß, er hinterließ absichtlich Spuren, um den Weg zu kennzeichnen. Er knickte Zweige an oder schlug mit dem Bowiemesser breite Kerben in die Rinde der Bäume. Außerdem waren die Hufe seines Pferdes absichtlich mit mexikanischen Stollen versehen worden. Wurde Collins beobachtet und in eine Falle gelockt, so konnte Indianer-Bill anhand der gelegten Zeichen mühelos seinen Weg verfolgen. Auf diesen Gedanken war Jerry Cox gekommen, als er erfuhr, daß Indianer-Bill zur Trailmannschaft gehörte. Dem Halbblut entging nicht die geringste Spur.

Bill Harrings beendete plötzlich das Kartenspiel. Collins sah, wie er aufstand und an die Speisenausgabe des Hotels herantrat, um dort ein Paket in Empfang zu nehmen. Er übergab es einem seiner Männer, und dieser verließ damit das Lokal.

Collins stand schon an der Theke, um seinen Whisky zu bezahlen. Durch das Fenster sah er, wie der Kerl davonritt. Er ließ noch eine Weile vergehen, ehe er das Lokal verließ, denn der Mann konnte ihm nicht entkommen. In dem Paket befanden sich ohne Zweifel Nahrungsmittel. Was hätte eine Speisenausgabe sonst herausgeben können? Der Mann hatte den Auftrag, diese Nahrungsmittel irgendwo abzugeben, und das konnte nur in dem Versteck des Mädchens sein. Bald würde er wissen, wo es sich befand.

Collins wahrte einen wohlberechneten Abstand zu dem Mann, den er verfolgte. Der einzige Pfad, der von der Hauptstraße abbog, führte in die Berge. An der Einmündung ließ Steve Collins sein Taschentuch fallen. Das war das erste Zeichen für Indianer-Bill. Im weiteren Verlauf des Rittes knickte er Zweige an und schlug Kerben in die Rinde der Bäume. Nach einer halben Stunde war das Ziel erreicht: eine Lichtung an einer Felswand und dahinter eine Blockhütte.

Steve Collins stieg aus dem Sattel und führte sein Pferd in ein Gebüsch. Zu Fuß ging er dem Mann weiter nach. Er sah, wie dieser in der Blockhütte verschwand. Vorsichtig näherte er sich der Hütte und hörte Stimmen. Es waren die Stimmen zweier Männer, und dann vernahm er deutlich die Stimme Coras, die das Essen ablehnte.

„Iß nur, Täubchen", sagte einer der Männer. „Das wird deine letzte Mahlzeit sein, wenn dein Alter nicht bezahlt."

„Es wird überhaupt ihre letzte Mahlzeit sein", hörte Collins nun einen anderen sagen. „Sie kennt Harrings und könnte ihn beschuldigen. Er kann es sich gar nicht leisten, sie freizulassen." Und leiser fügte sie hinzu: „Hast du dir schon mal überlegt, warum wir die Pulverfässer in den alten Minenstollen bringen mußten? Ich kann es mir denken."

Collins überlegte. Was sollte er jetzt tun? Sein Auftrag lautete, das Versteck des Mädchens ausfindig zu machen. Dieser Auftrag war erfüllt. Was war mit dem alten Minenstollen und den Pulverfässern? Ganz eindeutig hatte der Kerl zu verstehen gegeben, daß Harrings das Mädchen nicht freilassen könne, weil er ihr bekannt sei. Vielleicht war es doch besser, Cora zu befreien und sich mit ihr in den Bergen zu verstecken, bis die anderen eintrafen. Mit den beiden Kerlen in der Hütte würde er fertig werden.

„Was du auch denkst, mein Junge, alles ist verkehrt", sagte plötzlich jemand hinter ihm.

Collins spürte die Mündung eines Colts im Rücken. Er hob die Hände und drehte sich um.

Vor ihm stand Bill Harrings und musterte ihn böse lächelnd. „Na, dann hat sie einen Begleiter für die Himmelfahrt", fuhr er zynisch fort. „Wir haben dich schon den ganzen Tag über beobachtet. Sie haben dich also zum Schnüffeln hierher geschickt. — Pech, Junge!"

Er klopfte an die Tür der Hütte. Einer der Kerle trat mit einem Gewehr in der Hand in die Tür.

„Hier, den Kerl nehmt auch gleich mit", gebot Harrings. „Bringt beide in den alten Minenstollen. Wenn wir das Geld haben, wird er gesprengt. Niemand kann uns dann noch etwas nachweisen."

„Geben Sie auf, Harrings", sagte Collins. „Es nützt Ihnen nichts, wenn Sie das Mädchen und mich umbringen. Morgen früh werden Soldaten aus Fort Greenwell hier sein. Es ist längst bekannt, daß Sie der Entführer sind. Ich kann Ihnen nur raten, mit Ihren Leuten schnellstens zu verschwinden, ohne sich vorher noch mit zwei Morden zu belasten."

„Du willst mir wohl Angst machen, Kleiner?" grinste Harrings. „Ich soll der Entführer sein? — Wer will mir das beweisen? — Läßt sich auch nur eine Blaujacke in der Stadt sehen, geht die Mine hoch, klar?"

Cora war froh, Steve Collins zu sehen. Jetzt wußte sie, daß etwas für ihre Befreiung getan wurde. Ihr Mut sank aber, als man sie und Collins in einen in der Nähe liegenden alten Minenstollen brachte und sie mit Riemen aneinanderfesselte. Hier saßen sie zwischen meh-

reren Schwarzpulvertonnen, über denen eine alte Stalllaterne brannte. Aus einer dieser Tonnen führte eine weiße Zündschnur ins Freie. Was das bedeutete, wußte Steve Collins nur zu genau. Trotzdem versuchte er, Cora zu beruhigen. Seine einzige Hoffnung war jetzt nur noch Indianer-Bill. Würde er die hinterlassenen Spuren entdecken und ihnen folgen können?

Noch in der Nacht traf die kleine Gruppe unter Führung von Jerry Cox in Golden Springs ein. Im Central-Hotel wies ihnen der Nachtportier Zimmer an. Jerry Cox zeigte ihm seinen Ausweis als Bezirksmarshal und sagte, wenn er keinen Ärger haben wolle, so würde er über ihr Eintreffen mit niemandem reden. Der Mann versprach es. Jerry stellte auch sofort fest, daß sich Steve Collins nicht in seinem Zimmer befand. Da auch sein Pferd nicht zu finden war, mußte er unterwegs sein. Vielleicht war er den Kerlen aber auch in eine Falle gegangen. Jerry Cox pflegte stets mit dem Schlimmsten zu rechnen.

So machten sich Hoss und Indianer-Bill gleich beim Morgengrauen auf die Suche nach dem jungen Hilfssheriff. An den Stollenabdrücken von Collins' Pferd, die vor dem Haltebalken des Hotels zu sehen waren, stellte er fest, in welche Richtung sich der Gesuchte gewandt hatte. Als sie dann an der Abzweigung des Gebirgspfades Collins' Taschentuch fanden, war die Auffindung der Hütte für den geübten Scout eine Kleinigkeit.

Die Hütte war jedoch leer. Sie war gesäubert worden, und nichts deutete darauf hin, daß sich jemand hier aufgehalten hatte. Harrings' Leute hatten alle Spuren verwischt. Da keine weiteren absichtlich hinterlassenen Spuren von Collins gefunden wurden, kamen die Männer zu dem Schluß, er sei bei seinen Nachforschungen ertappt worden.

„Collins bis zur Hütte gekommen", sagte Indianer-Bill und sah sich um. Dann richtete er seinen Blick wieder auf den Erdboden und folgte einer für Hoss unsichtbaren Spur bis zu einem schmalen Pfad, der sich durch ein mit Buschwerk bedecktes Gelände zog. Bald wurden Gräben sichtbar, verwitterte Bretter und Balken lagen umher, und dann standen sie vor der stillgelegten Mine.

Indianer-Bill hatte sofort die weiße Zündschnur entdeckt, die sich aus dem Stollen schlängelte und zwischen den Büschen endete. Vorsichtig drang er mit Hoss in den Stollen vor. Sie sahen ein Licht schimmern und erkannten eine brennende Stallaterne. Kurze Zeit später waren Cora und Collins gefunden.

Das Mädchen weinte vor Freude. Sie fiel Hoss in die Arme und küßte ihn, was sich der Dicke nur zu gerne gefallen ließ.

Steve Collins konnte es noch immer nicht glauben, daß man sie gefunden hatte. Vor allem wunderte er sich darüber, daß Harrings keine Wächter zurückgelassen hatte.

„Sie fühlten sich eben sicher", sagte Hoss. „Aber jetzt ist alles vorbei. Jerry Cox kann nun seines Amtes walten und aus Golden Springs wieder eine Stadt des Rechts machen, wie er so schön sagt."

In einem Zimmer des Central-Hotels schloß William Orton seine Tochter in die Arme. Auch Little Joe bekam einen Kuß, aber gleich darauf auch eine schallende Ohrfeige. „Für die Angst, die ich ausgestanden habe", sagte Cora mit zusammengekniffenen Augen. „Glaube aber nur nicht, daß ich dich jetzt in Ruhe lasse. Du hast bei mir vieles gutzumachen."

Unten auf der Straße wurde Pferdegetrappel hörbar.

Jerry Cox trat ans Fenster. „Die Soldaten sind da!" Er wandte sich an den jungen Hilfssheriff. „Steve Collins, ich ernenne Sie hiermit kraft meines Amtes als zuständiger Bezirksmarshal zum Sheriff von Golden Springs. Sie werden mir helfen, daß in dieser Stadt wieder das Recht einkehrt."

Eine Stunde später bestiegen Cora Orton, ihr Vater und Ben Cartwright die Postkutsche nach Virginia City. Hoss, Little Joe und Indianer-Bill begleiteten sie noch ein gutes

Stück, dann bogen sie ab. Ihr Ziel war die Herde, die jetzt irgendwo in der Weite der Steppe gegen Osten zog.

Nach einigen Monaten, als schon niemand mehr an den Trail dachte, brachte der Postreiter ein Schreiben für Joe Cartwright. Little Joe öffnete es erwartungsvoll und starrte verwundert auf einen Strafbefehl über 500 Dollar. Die Begründung lautete: Übertretung des Alkoholgesetzes in bezug auf die Indianer. Unterschrieben war er von Jerry Cox mit der Amtsbezeichnung „Bezirksmarshal".

„So ein Lumpenhund", sagte Little Joe lächelnd.

Teddy Parker

BONANZA Band 9 — Im Auftrag des Sheriffs

Hoss und Steve Collins geraten auf der Suche nach einer Wildpferdherde in die Hände der Conchas-Indianer. Der Kopfgeldjäger Al Haynes, der die Gefangennahme beobachtet, bringt die Nachricht zur Ponderosa. Die beiden Gefangenen sollen den Indianern beim Fest des Großen Bären als Attraktion dienen.
Für Hoss ist ein Messerkampf mit einem unbekannten Gegner vorgesehen. Als er erfährt, wer sein Gegner ist, weiß er genau, daß er diesen Kampf niemals gewinnen wird.
Während die Tanztrommeln der Conchas das Fest des Großen Bären einleiten, befreien Little Joe und Indianer-Bill, ein Halbblut, durch einen wagemutigen und abenteuerlichen Einsatz die Gefangenen.
Zum Schluß wird auch noch in der Stadt Puma die Wilson-Bande hinter Schloß und Riegel gebracht. Dabei ist auch Jerry Cox im Auftrag des Distriktssheriffs mit von der Partie.
Ein Buch, das den Leser bis zur letzten Seite in atemloser Spannung hält.

Weitere Bücher der BONANZA-Reihe sind unter folgenden Titeln erschienen:

Band 1 — Bonanza · Band 2 — Ponderosa in Gefahr · Band 3 — Ritt ins Abenteuer · Band 4 — Schüsse auf der Ponderosa · Band 5 — Einer spielt falsch · Band 6 — Eine heiße Spur · Band 7 — Gefahr für Little Joe · Band 8 — Rauchzeichen vom Big Horn